जीवन एक पहेली व स्वास्थ्य

अब्दुल वहीद

जीवन एक पहेली व स्वास्थ्य
Life is a Puzzle and Health

by-Abdul Waheed

CERTIFICATE OF PUBLISHING

We're proud to present this certificate of publishing to

Abdul Waheed

for successfully publishing

LIFE IS A PUZZLE AND HEALTH

on 15-11-2022

*"A writer's life and work are not a gift to mankind; **they're a necessity"** ~ Toni Morrison*

समर्पण

यह पुस्तक मेरे मरहूम पिता जी हाजी उबैदुरहमान (मुन्ना भाई)
तथा छोटा भाई अब्दुल हमीद की याद में समर्पित है। अल्लाह (ईश्वर)
इनकी आत्मा को शांति दे।
आमीन

विषय सूची

भूमिका

इस पुस्तक में चार विषयों पर चर्चा की गई है पहली जीवन की कुछ अनसुलझी पहेली (तथ्य), तथा एक इस्लामी संप्रदाय अहले हदीस का परिचय के बारे में, तथा दुर्लभ चीजें जो मेरे पास मूल रूप में मौजूद है, और अपना स्वास्थय सेक्स संबंधी से संबंधित के बारे में, विस्तार पूर्वक चर्चा की गई है कृपया इसको पढ़ो और अपने विचार व्यक्त करें कोई त्रुटि हो तो तत्काल अवगत करें, धन्यवाद,
आपका - अब्दुल वहीद, बाराबंकी, यूपी, इंडिया

जीवन की कुछ अनसुलझी पहेली (तथ्य)

Some unsolved riddles (facts) of life

अब्दुल वहीद

विषय सूची

भूमिका

ज्ञान एक सागर है उसको जितना खोजेंगे (तहकीक) करेंगे उतना ही वह प्राप्त होगा, संसार में ज्ञान भरा पड़ा है सिर्फ तहकीक करने की देरी है। मैं बचपन से ही खोजी प्रवृत्ति का रहा हूं और यही मेरा प्रयास रहा है ज्ञान कहीं ना कहीं से किसी से भी कुछ भी हासिल हो उसको एकत्र कर ले उससे पहले मैं 2 पुस्तक लिख चुका हूं प्रथम विश्व प्रसिद्ध धर्म मत व संप्रदाय, दूसरी पुस्तक पवित्र कुरान एक परिचय व उसके अनसुलझे रहस्य, तीसरी- जीवन की कुछ अनसुलझी पहेली (तत्थ) , जो आपके हाथ में है । मेरा प्रयास शुरू से यही रहा है कि सदैव समाज को एक अच्छी, सच्ची जानकारी दी जाए यह आपके द्वारा ही संभव है । कृपया इसे पढ़कर लाभ उठाएं यदि कोई त्रुटि हो तो तत्काल अवगत करें। मैं आपका सदा आभारी रहूंगा । धन्यवाद।

दिनांक - 4/8/2022

आपका- अब्दुल वहीद, बाराबंकी, उत्तर प्रदेश, इंडिया

अपनी आवाज सुनो
लेखक
एवं
संग्रह
कर्ता-
अब्दुल
वहीद

अपनी आवाज अर्थात अंतः प्रज्ञा की आवाज़ क्या होती है ? यह कहां से आती है ? और यह कैसे काम करती है ? यह कुछ ऐसे प्रश्न हैं जो उस समय हमारे मन में उठते हैं जब हम इस छिपी हुई आवाज़ के बारे में सोचते हैं । - अंतःप्रज्ञा की आवाज़ ' अतीन्द्रियता ' या एक्स्ट्रा सेंसरी पर्सेपशन के क्षेत्र में आती है । (ई . एस . पी .) सामान्य इंद्रियों और समझ के क्षेत्र से परे जो मानव के मस्तिष्क या विचार का क्षेत्र है उसे हम यहां ई . एस . पी . कहकर पुकारेंगे । यह अतीन्द्रियता का क्षेत्र है जहां विवेक कार्य नहीं करता । ई . एस . पी . हमें भविष्य को जानने और हमारे सामने मुंह फाड़े खड़ी समस्याओं को सुलझाने में मदद करता है । यह जीवन के हर क्षेत्र में लाभदायक है , भले ही वह व्यापार हो , राजनीति हो , राजदर्शन हो या अन्य कोई भी क्षेत्र हो । जब हम ई.एस.पी. के निर्देशों का पालन करते हैं तो हम अपने अपने क्षेत्र में बेहतर और मज़बूत इन्सान बनते हैं । वकील और डाक्टर भी अपनी ई.एस.पी. की शक्ति से निर्देशित होते हैं । अंतःप्रज्ञा वास्तव में हर व्यक्ति के अंदर निहित सहज ज्ञान और मार्गदर्शन है जो हर समय हर व्यक्ति को उपलब्ध होता है । जब हम किसी भयंकर संकट में होते हैं , या किसी चिंता से ग्रस्त होते हैं , उस समय यही अंतःप्रज्ञा हमें दिशा देती है ।

ऐसे अनेक उदाहरण हैं और यदि कोई अपनी अंतःप्रज्ञा की आवाज़ की आज्ञा मानता है तो वह जीवन में बहुत विकास करता है । लेकिन इसपर रहस्य का पर्दा ज्यों का त्यों बना हुआ है , क्योंकि इसे वैज्ञानिक नियमों के आधार पर समझाया नहीं जा सकता । जैसा कि हमने अभी देखा है जब हमें दिशानिर्देश की बहुत ज़रूरत होती है उसी समय हमें यह अंतःप्रज्ञा दिशा देती है और हमें उसकी आज्ञा को तुरंत कार्यान्वित करना चाहिए । यदि हम इसमें देर करेंगे तो हम अपनी

समस्या को सुलझा नहीं पाएंगे तब हम पहले से भी बुरी स्थिति में पड़ जाएंगे ।

सपनों (**Dream**) का रहस्य

क्या यह भविष्यवाणी करते हैं ?

सपनों की प्रक्रिया एक गहरे रहस्य से ढकी हुई है । स्वप्न मनुष्य को सचेतन मानसिक क्रियाओं से भिन्न होते हैं , क्योंकि इनमें हमारी कल्पना शक्ति स्वच्छंदता से कार्य करती है । इस तरह यह जीवन क्रीड़ा के चरित्र से जुड़ते है जिसमें स्वतंत्रता और सहजता का भाव होता है । - · स्वप्न दो प्रकार के होते हैं एक दिवा स्वप्न और दूसरे रात्रि स्वप्न । इनमें से पहले प्रकार के स्वप्नों को मनुष्य जाग्रत अवस्था में अनुभव करता है , जबकि दूसरे प्रकार के स्वप्न तब आते है जब हम बिस्तर पर सो रहे होते हैं । दिया स्वप्न बच्चे में आम रूप से पाए जाते हैं , विशेषकर किशोरावस्था में , जब उनमें पर्याप्त व्यवहारिक ज्ञान की कमी होती है ।

कभी - कभी दिवा स्वप्न का स्वरूप बहुत गंभीर हो जाता है , विशेषकर तब जब कोई किशोर वास्तविक दुनिया से पूरी तरह कट जाता है और फैलासी की दुनिया में विचरना अधिक पसंद करता है । दिवा स्वप्न भी मुख्यतः तीन प्रकार के होते हैं । सबसे पहले तो मुखद दिवा स्वप्न होते है जो रूचिकर प्रकृति के होते हैं । दूसरे प्रकार के दिवा स्वप्न देखने वाले को अपने अंदर छिपी नेतृत्व करने की लालसा का और स्वप्रदर्शन करने का पूरा पूरा मौका देते हैं । तीसरे प्रकार के दिवा स्वप्न उनमें पाए जाते हैं जो स्वभाव से ही बिना किसी कारण के

चिंताग्रस्त और तनाव से घिरे रहते हैं । इससे उनकी एक तनावग्रस्त प्रकृति बन जाती है । " • रात्रि स्वप्न , जिन्हें अक्सर सपना ' कहा जाता है , ' कल्पना की क्रीड़ा होते हैं , जो दिवा स्वप्नों की तुलना में नियंत्रण तथा आलोचना से कहीं अधिक स्वतंत्र होते हैं । हम ऐसे सपनों के कम से कम तीन आवश्यक लक्षणों का उल्लेख करेंगे । सबसे पहले तो इनमें दिखाई देने वाली वस्तुओं या अहसासों में कोई लयबद्धता नहीं होती । इनमें कोई क्रमबद्धता नहीं होती और अंतर्विरोध भी मिल ही जाते हैं । जैसे हम किसी तोते को कौए में या किसी मनुष्य को पशु या पक्षी में परिवर्तित होते देख सकते हैं । दूसरे सोते समय देखे गए दृश्य या चित्र उसी समय तक ' वास्त विक ' लगते हैं जब तक सपना चलता रहता है । तीसरे , अक्सर ये सपने किसी मुखौटे में या छिपे हुए तरीके से दिखाई देते हैं । जैसे रोज़मर्रा की जिंदगी की तमाम चीजें हमें किसी और रूप में दिखाई देती है और किसी अन्य वस्तु का प्रतीक बन जाती हैं ।

यहां एक बहुत महत्त्वपूर्ण प्रश्न उठता है हम स्वप्न क्यों देखते हैं ? सपनों के लिए कौन कौन से कारण जिम्मेदार हैं ? इन प्रश्नों का उत्तर देने के लिए हम एक बहुचर्चित मनोवैज्ञानिक तथा वशीकरण विद्या में पारंगत डॉ . सिगमंड फ्रॉयड के सिद्धांत का संदर्भ देंगे । इनका कहना है कि हमारे सपने हमारी उन दबी हुई आकांक्षाओं , अभिप्रायों इच्छाओं को पूरा करते हैं जो हमारी जाग रित अवस्था में पूरे नहीं किए जा सकते । हम अनेक वस्तुओं के लिए लालायित रहते हैं , विशेषकर उनके लिए जो हमें उपलब्ध नहीं होतीं । लेकिन परंपरा सभ्यता , रीति रिवाज मर्यादाएं आदि हमें अपनी इन तमाम इच्छाओं और भावनाओं को पूरी तरह व्यक्त नहीं होने देतीं । इनके प्रभावों के बारे में सोचने की बहुत अधिक कोशिश नहीं करनी होती , क्योंकि ये इच्छाएं , आकांक्षाएं , भावनाएं आदि बहुत शक्तिशाली होती हैं और इन्हें किसी बंद कमरे में कैद नहीं किया जा सकता । अक्सर ये दमित

इच्छाएं हमारी नींद और सपनों में प्रतिबिम्बित होती हैं जब कोई सेंसर सक्रिय नहीं होता और नैतिकता के नियम निष्क्रिय होते हैं और इन इच्छाओं को पूर्ण करने में बाधा नहीं डालते । इसी तरह के उदाहरण सेक्स से वंचित मनुष्यों को सेक्स संबंधी सपनों में या ध्रुव अन्वेषण कर्ताओं के हरे तथा गर्म प्रदेशों के सपनों में भी पाए जा सकते हैं । स्वप्नों में इच्छापूर्ति के कारक इतने प्रबल हैं कि इससे कई लोकोक्तियां भी पैदा हुई है जैसे " बिल्ली को सपने में भी छिछड़े नज़र आते हैं । "

सपनों के लिए दमित इच्छाएं ही मुख्य कारण हैं , पर यह ध्यान दिया जाना चाहिए कि इच्छाएं ठीक उसी तरह पूरी नहीं होतीं जिस तरह आदमी चाहता है । इसका कारण वह मानसिक पुलिसवाला ' है जो इन इच्छाओं को उस स्वरूप में पूरी होने से रोकता है । फ्रॉयड इसे ' सेंसर ' कहते जो जागरित अवस्था में हमारी इच्छाओं को नियंत्रित करता है । लेकिन जब हम सो रहे होते हैं तब यह सेंसर भी निष्क्रिय हो जाता है और ये दमित इच्छाएं प्रतीकों में पूर्ण होने का सुख देती हैं । अक्सर यह इच्छाएं किसी छिपे हुए ढंग या मुखौटे के अंदर पूरी होती हैं तब उनकी वास्तविक प्रकृति का विश्लेषण आवश्यक होता है । इनमें से अधिकांश लोगों को अपने ऐसे सपनों की याद होगी जिनमें हम पंखधारियों की तरह आसानी से उड़ थे लेकिन इस सपने का कोई और गहरा अर्थ है । यह सपना किसी उद्देश्य को जल्दी से और खुशनुमा तरीके से प्राप्त करने की इच्छा का प्रतीक है । इसे हम स्वप्न का निहितार्थ कह सकते हैं । कंटेट ' शब्द को फ्रॉयड ने स्वप्न के प्रतीकात्मक अर्थ के लिए प्रयोग किया था ।) यह संकेत देता है और इससे आदमी को लक्ष्य प्राप्ति के लिए प्रयत्न करने की शक्ति प्राप्त होती है । निहितार्थ (' लेटेंट कि स्वप्न देखने वाला जब कभी दिक्कत का सामना करता है , तो उसकी इच्छा होती है कि वह अपने लक्ष्य तक जल्दी और प्रसन्नता पूर्वक पहुंच जाए । वह कठिनाइयों और

परेशानियों से बचकर ,कांटों भरे रास्तों पर न चलकर फूलों भरे रास्ते से गुज़रना चाहता है । वास्तव में हममें से अधिकांश लोग परेशानियों से बचकर केवल फूलों भरे रास्तों से निकलना चाहते हैं । हम अक्सर बिना रुकावट वाले रास्तों पर चलना और कठिन राह से बचना चाहते हैं । फ्रॉयड के विचार अनेक लोगों को अजीब लग सकते हैं । लेकिन सामान्य ज्ञान भी प्रतीकों के फ्रॉयड के सिद्धांत की पुष्टि करता है । एक साधारण आदमी भी जानता है कि जब वह किसी पहाड़ का सपना देखता है तो पहाड़ किसी बड़ी समस्या या कठिनाई का प्रतीक होता है । कविता , नाटक , लोक कथाओं और दंत कथाओं में प्रतीकों के गहरे जाल बुने होते हैं । नृत्य , जो कलाओं का एक सबसे उत्तम रूप है , अपनी चरम सीमा पर जाकर पूर्णतः प्रतीकात्मक हो जाता है । इसमें कोई आश्चर्य की बात नहीं कि हमारे स्वप्न भी इसी प्रक्रिया को दर्शाते है । प्रतीकात्मकता ने मनो विश्लेषकों को अपने रोगियों के असामान्य मानसिक लक्षणों को समझने में बहुत सहायता की है ।

क्या स्वप्न भविष्यवाणी करते हैं ? निश्चय ही ऐसे अनेक स्वप्न हैं जो हमारी दमित इच्छाओं के प्रतिबिम्ब है , लेकिन हमारे सभी सपने इसी श्रेणी में नहीं आते । फ्रॉयड के सिद्धांत हमें काफी मात्रा में स्वप्नों का विश्लेषण करने में मदद करते हैं , परंतु सभी सपनों का नहीं कई ऐसे स्वप्न होते हैं जिनमें पूर्वाभास होते हैं । वे भविष्यवाणी करते हैं जो हमारे भले को साबित नहीं होंगी । मशहूर लेखक चार्ल्स डिकन्स अपने एक स्वप्न का वर्णन इन पंक्तियों में देते है सपने में एक ऐसी स्त्री को देखा जो लाल रंग की शॉल पहने थी और जिसकी पीठ मेरी ओर थी .... जब वह मुड़ी तो मैंने पाया कि मैं उसे पहचानता नहीं हूं और उसने कहा- मैं मिस नेपियर हूं । " * जब अगली सुबह में तैयार हो रहा था तो पूरे समय में यही सोच रहा था कि किसी ऐसी चीज़ के बारे में स्वप्न देखना कितना अजीब है जिसे आप जानते न हों और मिस नेपियर ही क्यों . उसी शुक्रवार को मैं पढ़ रहा था ।

पढ़ने के बाद में जब अपने आराम वाले कमरे में आया तो वहां मिस बोयला और उसका भाई एक स्त्री के साथ आए जो हूबहू लाल शॉल वाली स्त्री से मिलती थी । उन्होंने उसका परिचय ' मिस नेपियर ' कहकर करवाया । " यहां डिकन्स ने सपने में एक ऐसी घटना देखी जो आगे चलकर होने वाली थी । हम यहां दो और ऐसे सपनों का उदाहरण देंगे जिन्होंने भविष्य के बारे में जानकारी दी और उनके पूर्वाभास आगे चलकर सही सिद्ध हुए । अंततः हम यह कह सकते हैं कि सपनों की प्रक्रिया को सही प्रकार से समझ पाना बहुत कठिन है । जहां अधिकांश सपने हमारी दमित इच्छाओं को पूर्ण करते हैं वहीं कुछ सपने भविष्यवाणी भी करते हैं । आने वाले समय की घटनाएं कभी कभी हमें स्वप्न में दिखाई देतीं हैं । इसलिए हम कह सकते हैं कि सपने भविष्यवाणी भी करते हैं । फिर भी सपनों की प्रक्रिया में बहुत कुछ ऐसा है ज वैज्ञानिक ढंग से अभी तक समझा नहीं जा सका है ।

ग्रह (संसार) व उसके दिन(वर्ष में)

1	बुध ग्रह का एक दिन	पृथ्वी के 58 दिन 15 घंटे
2	शुक्र ग्रह का एक दिन	पृथ्वी के 243 दिन
3	पृथ्वी का एक दिन	23 घंटे 56 मिनट 4.09 सेकंड
4	मंगल ग्रह का एक दिन	पृथ्वी के 24 घंटे 37 मिनट
5	बृहस्पति ग्रह का एक दिन	पृथ्वी के 9 घंटे 50 मिनट
6	शनि ग्रह का एक दिन	पृथ्वी के 10 घंटे 14 मिनट
7	यूरेनस ग्रह का एक दिन	पृथ्वी के 16 घंटे 10 मिनट

| 8 | नेप्च्यून ग्रह का एक दिन | पृथ्वी के 18 घंटे 26 मिनट |
| 9 | प्लूटो ग्रह का एक दिन | पृथ्वी के 6 दिन 9 घंटे |

शीबा की रानी कौन थी ?

बाइबिल में राजाओं में प्रथम पुस्तक (First Book of Kings) के अंतर्गत 10 वें अध्याय में शीबा की रानी की कहानी का इस प्रकार वर्णन है- . और जब शीबा की रानी ने ईश्वर के नाम के साथ जुड़ी हुई सोलोमन की प्रसिद्धि के बारे में सुना तो वह अपने कठिन प्रश्नों द्वारा उसकी परीक्षा लेने यरुशलम आई । रानी के साथ उसका बहुत बड़ा काफिला था , जिसके ऊंटों पर दुर्लभ मसाले , सोना तथा बहुमूल्य रत्न जवाहरात लदे हुए थे । बादशाह सोलोमन ने शीबा की रानी के प्रश्नों का तब तक उत्तर दिया जब तक वह पूरी तरह संतुष्ट नहीं हो गई । शीबा ने उसकी बुद्धिमत्ता की प्रशंसा की और उसे मसाले , सोना और रत्न भेंटस्वरूप दिए । ... और वह अपने नौकरों के साथ अपने देश वापस चली गई । ' इसी कहानी को बाइबिल के सेकण्ड बक ऑफ क्रॉनिकल्स (Second Book of Chronicles) में थोड़े से परिवर्तनों के साथ दोहराया गया है लेकिन बाइबिल में शीबा की रानी का नाम , शक्ल - सूरत , जाति व देश इत्यादि के बारे में कुछ भी नहीं बताया

गया है । सेण्टमैथ्यू के गॉस्पल (Gospel of St. Mathew) में जीसस ने दक्षिण की रानी का हवाला देते हुए कहा कि वह , " पृथ्वी के सबसे दूरस्थ इलाके से सोलोमन की बुद्धिमानी को परखने के लिए आई " । बस , बाइबिल अपने 25 छदो द्वारा शीवा की रानी के बारे में इतना ही अता - पता देती है और यहीं से जन्म लेती है 30 शताब्दियों से रहस्यमय बनी हुई उस औरत की कहानी , जिसे शीबा की रानी (Queen of Shiba) के नाम से जाना जाता है । क्या बाइबिल को आधार मान कर किसी घटना की ऐतिहासिक सत्यता को प्रामाणिक माना जा सकता है ? दरअसल राजाओं की प्रथम पुस्तक में ईसा से दसवी शताब्दी पूर्व की 40 वर्षीय अवधि के स्वर्णकाल की कहानी है । इसी में सोलोमन के शासन की कथा भी शामिल है । अतः इस बात की पूरी संभावना है कि सोलोमन की मृत्यु से कुछ समय बाद ही यह कहानी लिखी गई हो । यह इसकी ऐतिहासिक सत्यता का निकटतम प्रमाण है । बाइबिल के अनुसार जब शीबा की रानी इजराइल के राजा सोलोमन से मिलने आई तो वह परम प्रतापी राजा हो चुका था । उसकी फौजें इयुफ्रेट्स (Euphrates) से सिनाई (Sinai) रेगिस्तान तक तथा लाल सागर से पामयारा (Palmyara) तक के मार्गों का नियंत्रण करती थीं । उस समय तक यरुशलम शहर तथा उसके मंदिर का निर्माण पूरा हो चुका था । रानी ने सोलोमन को जो उपहार दिए उनसे लगता है कि वह व्यापार के उद्देश्य से भूमध्यसागर के लिए इजराइल के बंदरगाहों का प्रयोग करना चाहती थी ताकि उसके देश से सोलोमन का वाणिज्यिक संबंध जुड़ सके लेकिन यह सिर्फ अनुमान ही है

सोलोमन डेविड सबसे बड़े पुत्र तथा अपने सौतेले भाई एडोनीजाह (Adonjah) का केकी में गढ़ी पर बैठा था गोलोमन ने एशिया अपने देश की स्थिति का भरपूर फायदा उठाया । तथा 1,400 लरथों में जैम अपनी सेना द्वारा पहले शांति स्थापित की और इजराइल के सभी

कबीलों पर अपना प्रभुत्व कायम किया तथा बाद में पड़ोसी राज्यों से मित्रता करनी शुरू की । सोलोमन ने पड़ोसी राज्यों के राजाओं की पत्रियों से विवाह किए । उसकी पहली पत्नी मिस्र के फराओं की बेटी 12,000 फोनेशियन (Phonenician) लोगों की विकसित तकनीक की मदद लेकर सोलोमन ने विशाल नावों की मदद से व्यापार किया ।

लेबनान की पहाड़ियों में 10,000 दासों की मदद से लकड़ी कटवा कर तथा पत्थर उठवा कर यरुशलम के मंदिर व शहर के निर्माण के लिए भेजे । उसके व्यापारिक पोत सोना , चांदी , संगमरमर व कीमती पशु - धन कमा कर लाए अरब व पूर्व से आए काफिलों पर कर लगा कर बहुत - सा धन वसूला गया । इस तरह प्रति वर्ष कई - कई टन की दर से सोना सोलोमन ने एकत्रित कर लिया । यह तमाम सोना यरुशलम में जिहोवा (Jehovah) के महान मंदिर की दीवारों पर चढ़वा दिया गया । सोलोमन स्वयं सोने से जड़े हुए हाथीदांत के बने सिंहासन पर आसीन होता था तथा उसके सभी बर्तन तथा पीने के पात्र भी सोने के ही थे । सोलोमन के इस राजसी वैभव की खबरें उड़ते - उड़ते शीबा की रानी के पास भी पहुंची । शीबा की रानी के चित्र ईसाई मध्ययुगीन तथा योरोपीय पुनर्जागरण काल की चित्रकला में दिखाई पड़ते हैं । कभी रानी के रूप में तो कभी जादूगरनी के रूप में इस रहस्यमय औरत को दिखाया जाता है । 13 वीं शताब्दी में डोमिनिसियन पादरी जोकोबस दि वोरागिन (Jacobus de voragine) द्वारा लिखित पुस्तक ' लीजेण्डा औरिया ' (Legenda Aurea) में भी शीबा की रानी की सोलोमन से मुलाकात का वर्णन मिलता है । 19 वीं शताब्दी में फ्रांसीसी लेखक गुस्ताव फ्लोबर्ट (Gustave Flaubert) की रचना ' टेम्प्रेशन ऑफ सेण्ट एंथोनी ' (Temptation of Saint Anthony) में शीबा की रानी संत एंथोनी को रेगिस्तान में वासना की देवी के रूप में लुभाने के लिए आती है । यह रचना सन् 1874 में लिख कर तैयार हो गई थी । एक अन्य फ्रांसीसी लेखक जेराई दि नर्बल (Gerard de Nerval) ने इसी रानी को बाल्किस (Balkis) का नाम दिया और मध्य पूर्व की यात्रा करने के बाद सन् 1851 में ' वॉयेज एन ओरिएट ' (Voyage en Orient) में ' सुबह की रानी ' के रूप में वर्णित किया । मुसलमानों के धार्मिक ग्रंथ पवित्र कुरान में बताया गया है कि

सोलोमन के राजदरबार में शीबा की रानी को पत्रों के आदान - प्रदान के बाद बुलाया गया था । ' बुक ऑफ इंस्थर ' (Book of Esther) जैसी यहूदी पुस्तक के एक ' तारगुमशेनी ' (Targum Sheni) नामक अनुवाद में बताया गया है कि शीबा की रानी सोलोमन से ऐसे कमरे में मिली , जिसका फर्श कांच का था । रानी ने समझा कि वहां पानी भरा हुआ है इसलिए उसने अपनी स्कर्ट थोड़ी ऊपर उठा ली । जिसके कारण उसके पैर दिखाई पड़ गए जिन पर बाल उगे हुए थे । शीबा की रानी को असीरियायी (Assyrian) तथा बेबीलोनियन (Babylonian) किंवदतियों में लोगों को लभा लेने वाली चड़ैल के रूप में भी चित्रित किया जा चुका है । इस तरह देखा जाए तो पता चलेगा कि हजारों साल के मिथकों , लोककथाओं व साहित्यिक इतिहास में शीबा की रानी का रहस्यमय अस्तित्व कहीं न कहीं मौजूद ही है । मुसलमानों की दंतकथा के अनुसार सोलोमन ने शीबा की रानी से भी विवाह किया था । उसने रानी के रोमयक्त शरीर से बालों को साफ करने की दवा का आविष्कार करवाया और रानी को मुसलमान बनाकर उसके साथ शादी कर ली । आधुनिक युग में यमन (Yaman) जाने वाले पर्यटक मारिब की प्राचीन राजधानी शीबन (Ancient Sheban Capital of Marib) के निकट ईसा से 4 शताब्दी पूर्व का चंद्रमा के मंदिर (Temple of the Moon) के खण्डहर जरूर देखते हैं । कहा जाता है कि यही मंदिर कभी बिल्कीस का महल था । बिल्कीस के नाम का प्रयोग शीबा की रानी के लिए ही किया जाता है । 20 वीं शताब्दी में भी शीबा की रानी का रहस्य लोगों को लुभाता रहा है । डब्ल्यू . बी . यीट्स (W. B. Yeats) की कविताओं में शीबा की रानी के धर्म निरपेक्ष (क्योंकि उसका कोई धर्म नहीं था) तथा यौन विषयक चरित्र को केन्द्र बनाया गया है । अंग्रेजी के उपन्यासकार रूडयार्ड किपलिंग (Rudyard Kipling) की कहानी ' द बटरफ्लाई दैट स्टेम्प्ड ' (The Butterfly that stamped) में तथा जॉन डॉस पासोस (John Dos

Passos) के सन् 1921 में प्रकाशित उपन्यास थ्री सोल्जर्स (Three soldiers) में शीबा की रानी का वर्णन है । सन् 1934 में युवा फ्रांसीसी पत्रकार आदे मालरोक्स (Andre Malraux) ने अपने पेरिस स्थित अखबार के कार्यालय में केबिल भेजा कि दक्षिण अरेबिया के रेगिस्तान के ऊपर उड़ान भरते 20 मीनारों अथवा मंदिरों को खड़े हुए देखा । मालरोक्स ने यह दृश्य रूबल खाली हुए उन्होंने (Rubal Khali) की उत्तरी सीमा पर देखा था लेकिन उनके इस दावे की बाद में पुष्टि नहीं हुई । कुछ प्राचीन रचनाओं से पता चलता है कि शीबा की राजधानी लाल सागर के किनारे स्थित एक अरबी नगर में थी । जाहिर है कि सोलोमन के बाद आने वाले पैगम्बर शीबा की राजधानी के बारे में जानते रहे होंगे । ' बैंक ऑफ इजीकीन (Book of Ezekiel) के अनुसार शीबा की राजधानी से मसालों , कीमती जवाहरातों तथा सोने का व्यापार होता था । ' शीला ' नाम का स्रोत सेमिटिस (Semites) के पिता तथा नोह (Noch) के पुत्र शेम (Shem) से मिलता है । शीबा के 12 भाई थे । जिस तरह शीबा के दो भाइओ ने ओफिर (Ophir) तथा हाविला (Havila) की सभ्यताओं को अपने नाम दिए , उसी तरह शीबा ने भी अपनी राजधानी का नाम शीबा रख दिया । यह व्यक्ति और नगर के नाम के आपस में मिल जाने का मामला है । शीबा के भाइयों के नाम की सभ्यताएं भी रहस्य के अंधेरों में गुम हैं । उन्हें भी अभी नहीं खोजा जा सका है । " शीबा के अन्य भाइयों के नाम भी अरब के लोगों ने अपना लिए । कई भूखण्डों का नाम उनके नाम पर रखा गया । शीबा के नगर व माइन (Main) व कत्ताबान (Qataban) का नगर छठी ईस्वी तक आपस में मिला हुआ था । इन चारों में शीबा का नगर सबसे बड़ा था , जिसे कुरान में दो बागों ' के नाम से पुकारा गया है । इन बागों को एक बड़े बांध द्वारा पानी मिलता था । व्यापार शीबा के नगर की सम्पत्ति का मुख्य स्रोत था । ईसा से 1 शताब्दी पूर्व के इतिहासकार डियोडोरस सिक्लस (

Diodorus Siculus) ने इस राजधानी के धन - धान्य का वर्णन किया है । शीबा के अरबवासियों को फरवरी से अगस्त तक चलने वाली मानसूनों का रहस्य ज्ञात था , जिससे उनके व्यापारिक जहाजों को प्राकृतिक मार्गदर्शन मिल जाया करता था । बाद में यूनानियों ने भी पहली ईस्वी में इस रहस्य का पता लगा लिया । शीबा ने पानी व जमीन के रास्ते अफ्रीका व रोमन साम्राज्य से भी व्यापार किया । शीबा के माल की चारों ओर मांग थी क्योंकि मसालों को औषधि व सौंदर्य प्रसाधन बनाने में प्रयोग किया जाता था । शीबा के वासी सूर्य , चंद्रमा व शुक्र की पूजा करते थे । शुक्र को वे अश्तर (Ashtar) के नाम से पुका रते थे , जो सिडोन (Sidon) त्येर (Tyre) व बेबीलोन (Babylon) में शुक्र के लिए प्रयुक्त नाम से मिलता - जुलता था । उनकी शासन

व्यवस्था सुमेरियायी (Sumerian) व्यवस्था से मिलती - जुलती थी अर्थात् वहां का प्रमुख पुजारी व राजा एक ही व्यक्ति हुआ करता था । शीवा के निवासी चारों ओर से रेगिस्तान से घिरे होने के कारण सुरक्षित थे । ईसा से 24-25 शताब्दी एवं रोमन सेनापति एक्लियस गालस (Aclius Gallus) के नेतृत्व में हमला करने आई फौज रेगिस्तान की गर्मी और प्यास से ही पराजित हो गई । इसके 4 सौ साल बाद ही शीबा पर कोई विदेशी ताकत अपना हमला कर पाई । शीवा का उल्लेख सभी शास्त्रीय इतिहासकारों ने किया है । हेरोडोटस (Herodotus) स्ट्राबो (Strabo) , प्लिनी (Pliny) व एल्डर (Elder) द्वारा किया गया वर्णन तथा मारिब के खण्डर व शिलालेख व यमन में पाई गई पुरातात्विक सामग्री उसके अस्तित्व का प्रमाण है । शीबा की रानी ने ईसा से 10 वीं शताब्दी में यरुशलम की यात्रा की 543 ईस्वी में शीबा का दैत्याकार बांध ढह गया । करान में इस बांध के ढहने को ईश्वर के प्रकोप की संज्ञा दी गई है । ऐसा प्रतीत होता है कि सिंचाई की व्यवस्था नष्ट हो जाने के कारण शीबा की अर्थ व्यवस्था

का पतन हो गया तथा उनके निवासी घुमक्कड़ कबीलों में बंट गए । इथियोपिया के अंतिम सम्राट हेले सिलासी (Haile Selassie) का दावा था कि वे सोलोमन और शीबा के पुत्र मेनेलिक (Menolik) के वंशज हैं । यमन के लोग हजरत मुहम्मद द्वारा शीबा के नगर को अग्निपूजकों का नगर कह कर निंदा करने के कारण घृणा की दृष्टि से देखते रहे हैं । इसलिए उन्होंने सन् 1843 में फ्रांस के थॉमस जोसेफ आर्नोल्ड (Thomas Joseph Arnaud) पर जादूगर होने का आरोप लगाया क्योंकि वे प्राचीन शिलालेखों को एकत्रित करने मारिब गए थे । मिस्री पुरातत्वशास्त्री अहमद फाखी (Ahmad Fakhri) को सन् 1947 में ऐसी ही कोशिशों के बदले काफी अपमान का सामना करना पड़ा । सन् 1934 में रेगिस्तान पर उड़ान भरने वाले मालरों के विमान पर गोली चलाई गई । सन् 1952-53 में वेण्डेल फिलिप्स (Wendell Phillips) तथा डब्ल्यू पी . अल्ब्राइट (W.P. Albright) के नेतृत्व में अमेरिकी अभियान दल को यमने से अपने यंत्रों को छोड़कर भागना पड़ा । आज पुरातत्वशास्त्रियों के प्रयत्नों से ही शीबा की रानी की कहानी के प्रमाण के रूप में मारिब के प्राचीन खण्डहर खड़े हुए हैं लेकिन शीबा की रानी की धरती के बारे में अभी भी पूरे रहस्यों का ज्ञान नहीं हो पाया है ।

शीबा की रानी कौन थी ?

बाइबिल के अनुसार शीबा की रानी इजराइल के राजा सोलोमन की बुद्धिमानी और वैभव की खबरें सुनकर सोने , जवाहरातों तथा दुर्लभ मसालों के उपहार लेकर उसके पास आई थी । इजराइल से वापिस जाने के बाद शीबा की रानी का इतिहास में कोई नामो - निशान भी नहीं मिलता ।

क्या बाइबिल की कहानी को सत्य माना जा सकता है ? शीवा की रानी कौन थी और उसका राज्य कहां था ? क्या वह सोलोमन से विवाह करने की नीयत से आई थी ? क्या इथियोपिया का हेले सिलासी

नामक सम्राट सोलोमन शीबा के पुत्र से चले वंश का था ? क्या वह एक महिला न होकर कोई चुड़ैल थी ? पिछली 30 शताब्दियों से यह रहस्य लोगों के दिमाग को मथ रहा है । यदि उसका अस्तित्व था तो निश्चित रूप से उसका आगमन दक्षिण अरेबिया से हुआ होगा , जहां के विस्तृत मैदानों में आज भी शीबा की प्राचीन राजधानी के अवशेष मिलते हैं ।

दोहरे अस्तित्व का रहस्य

सन्. 1908 की बात है । ब्रिटेन में हाउस ऑफ लाईस का अधिवेशन चल रहा था । हाउस ऑफ लाईस के एक सदस्य सर कार्न रॉश उस समय फ्लू से पीड़ित थे । बीमार होने के कारण वे अधिवेशन में उपस्थित होने में असमर्थ थे । इसका कारण था । सरकार गिराने के लिए विरोधी जी - जान से लगे हुए थे । इसलिए सरकारी पक्ष के सभी सदस्यों की हाउस में हाजिरी बहुत जरूरी थी । आपको जानकर आश्चर्य होगा कि जिस समय हाउस में सरकार में अविश्वास संबंधी प्रस्ताव पर विरोधी पक्ष के मत लिए जा रहे थे , उस समय सर कार्न रॉश वहां सशरीर मौजूद पाए गए । लोगों को आश्चर्य भी हुआ कि कहां तो सर रॉश फ्लू में बिस्तर पर पड़ थे और कैसे यहां अधिवेशन में विराजमान थे ? पर यह सच था । वह अपने घर में बिस्तर पर भी थे और हाउस ऑफ लाईस में अपनी सीट पर भी उस समय उपस्थित हाउस ऑफ लाईस के तीन सदस्यों सर गिल्बर्ट वाकर , सर आर्थर हेटर और सर हेनरी आनरमन ने उन्हें सीट पर बैठे देखने की पक्की गवाही दी । हाउस ऑफ लाईस के उस दिन के अधिवेशन के अभिलेखों में सर रॉश की उपस्थिति आज भी दर्ज है । कुछ - कुछ ऐसी ही घटना कनाडा में भी घटी । विक्टोरिया नगर में 13 जनवरी , 1865 को कनाडा की ब्रिटिश कोलंबिया विधानसभा का अधिवेशन हो रहा था । पूर्वोक्त घटना की ही तरह पेचीदा मामला यहां भी था । विधानसभा के एक सदस्य • बीमारी इतनी गंभीर थी कि डॉक्टरों ने उनके बचने की उम्मीद छोड़ दी थी । चार्ल्स वुड गंभीर रूप से बीमार पड़े थे और घर में स्वास्थ्य - लाभ भी कर रहे थे । मगर घोर आश्चर्य ! वुड महाशय सशरीर उस अधिवेशन में भी उपस्थित अधिवेशन की समाप्ति पर सभी सम्मानित सदस्यों का जो ग्रुप फोटो लिया गया , उसमें भी वुड कुर्सी पर विराजमान थे । वह चित्र आज भी वहां की विधानसभा के

हॉल में टंगा देखा जा सकता है । प्रश्न उठता है कि एक ही आदमी एक क्षण विशेष में कैसे दो - दो स्थानों पर उपस्थित रह सकता है ? दोहरे अस्तित्व की इस गुत्थी को लाख कोशिशों के बावजूद विज्ञान अभी तक नहीं सुलझा पाया है । यह रहस्यमय मामला उस समय और भी रंग पकड़ लेता है , जब वही आदमी अपने दूसरे शरीर को अपने रूबरू पाता है । हर बैंकर की पुस्तक ' गैसपेंस्टर एंड स्कूप ' में ऐसे कई रोमांचकारी अनुभवों की भरमार है । एक दिलचस्प वृत्तांत इस तरह है : -म्यूनिख का एक इंजीनियर एक शाम जब अपने घर लौटा तो उसने अपने कमरे में ड्राइंग - बोर्ड पर एक आदमी को काम करते पाया । पहले तो उसे क्रोध इस बात पर आया कि एक अज्ञात व्यक्ति बिना उसकी इजाजत के उसके घर में घुस आया था और उसके ड्राइंग बोर्ड पर तेजी से कुछ खींच रहा था मगर और पास जाने पर उसका क्रोध आश्चर्य में बदल गया । • उसके ठीक सामने उसका ही प्रतिरूप ड्राइंग - बोर्ड पर काम कर रहा था । थोड़ी देर तक वह अपने दूसरे शरीर को हैरत से निहारता रहा । फिर उसके देखते ही देखते उसका ' वह शरीर ' धीरे - धीरे शून्य में विलीन हो गया । फिर उसने ड्राइंग - बोर्ड पर पड़े कागज को गौर से देखा तो उसे और भी आश्चर्य हुआ । खुशी भी हुई , क्योंकि उसके सामने एक ऐसी डिजाइन खिंची पड़ी थी , जिसको बनाने का प्रयास वह विगत कई वर्षों से करता आ रहा था , पर सफलता नहीं मिली थी । इस बारे में जानकारों का कहना है कि मानव शरीर के दो रूप होते हैं । एक प्राकृतिक शरीर , जो गोचर होता है और दूसरा सूक्ष्म शरीर , जो हमारी दृष्टि - सीमा की पहुंच से परे होता है । यद्यपि उसकी सारी विशेषताएं प्राकृतिक शरीर की ही तरह होती हैं । तीव्र इच्छाशक्ति के जोर से इस सूक्ष्म शरीर का प्रक्षेपण संभव होता है । फिर भी इसकी मनोवैज्ञानिक व्याख्या पर विज्ञान ने अभी कोई टिप्पणी नहीं दी है । दिलचस्प है । श्रीमती ओकर लिखती हैं . इस बारे में इंग्लैंड की मिसेज विलियम ओकर का एक निजी अनुभव बड़ा "

गर्भपात के कारण मुझे काफी रक्तस्राव होने लगा था और डाक्टर उसके इलाज में लगे थे । मुझे अचानक ऐसा लगने लगा , जैसे मेरा दिल डूबा जा रहा हो । मेरा शरीर पलंग पर था , पर मैं उससे विलग होकर पलंग के नीचे आ गयी थी । अर्थात् मेरा सूक्ष्म शरीर । कुछ क्षणों बाद मेरा सूक्ष्म शरीर , जो बुलबुले के समान हल्का और दूसरों के लिए अदृश्य था , अपने प्राकृतिक शरीर के चारों ओर चक्कर लगा रहा था । जब डाक्टरों ने मेरे प्राकृतिक शरीर में खून चढ़ाना शुरू किया तो मेरे सूक्ष्म शरीर ने ऐसा होते साफ - साफ देखा मैंने गौर किया कि मेरे प्राकृतिक शरीर का चेहरा पीला पड़ा हुआ था और उसकी नसों में खून बह रहा था । मेरे सूक्ष्म शरीर ने लाख चाहा कि मेरा प्राकृतिक शरीर अपनी बाहे हिलाये इलाये और डाक्टरों से कुछ कहे , पर मेरा प्राकृतिक शरीर लाचार पड़ा था , वह कुछ नहीं कर सका । अंततः मुझे अहसास होने लगा कि जैसे किसी ने मेरे सूक्ष्म शरीर को पकड़ लिया हो और उसे वापस प्राकृतिक शरीर से एकाकार कर रहा हो । ' 21 मानव शरीर के दोहरे अस्तित्व संबंधी हजारों मामले प्रकाश में आये ह ै । सिर्फ ' फैंटाज्म्स ऑफ द लिविंग ' पुस्तक में 700 से अधिक मामले गहरी छानबीन के बाद दर्ज किये गये हैं । ऐसे मामलों (जिनमें एक जीवित व्यक्ति एक ही समय में दो स्थानों पर देखा गया) में अधिकांश तो ऐसे वृत्तात मिलते हैं , जिनमें संबंधित व्यक्ति को ही इस बात की जानकारी नहीं थी कि वह किसी और भी स्थान पर देखा गया था । कुछ ऐसे भी मामले सामने आये हैं , जिनमें किसी व्यक्ति की चाहत ने ऐसा करिश्मा कर दिखाया था । एस.एच. बेयर्ड नामक एक अंग्रेज ने ऐसा ही कमाल कर दिखाया था । वह अपने संस्मरणों में लिखता है : बात सन् 1881 के नवंबर मास की है । एक रात बिना किसी को बताये मैंने अपनी मंगेतर के कमरे में जा पहुंचने का पक्का इरादा किया मानवीय इच्छाशक्ति के बारे में काफी कुछ पढ़ रखा था और उसी आधार पर मैंने इसे आजमाने का दृढ़ निश्चय कर लिया ।

मेरी मंगेतर कैनमिस्टन में होगार्थ रोड के मकान नंबर -22 की दूसरी मंजिल पर आगे की तरफ रहती थी । मैंने अपनी संपूर्ण चेतना को एकाग्र करके संकल्प कर लिया कि मैं अपने सूक्ष्म शरीर में उसके कमरे में प्रवेश करूंगा ।एक आदमी के दो ही नहीं कई व्यक्तित्व भी हो सकते हैं । " यह बही कमरा था , जिसमें मेरी मंगेतर मिस एल . एस . वेरिटी अपनी ।। वर्षीया छोटी बहन के साथ सोया करती थी । उन दिनों मैं होगार्थ रोड के उस मकान में कोई तीन मील दूर रहा करता था । दोनों बहनों को इस बात की जरा - सी भी अनक नहीं थी कि मैं क्या करने वाला है । दरअसल रविवार की उस रात सोने में थोड़ी देर पहले ही मैंने ऐसा निश्चय किया था । अपनी मंगेतर के बेडरूम में पहुंचकर मैं उसे सिर्फ देखना ही नहीं चाहता था , बल्कि किसी न किसी रूप में उसे अपनी मौजूदगी का अहसास भी कराना चाहता था । " उस रविवार के बाद अपने दिल पर काबू रखकर अगले बृहस्पतिवार से पहले अपनी मंगेतर से मैं मिला भी नहीं । पर जब बृहस्पतिवार को मिला भी । मैंने अपनी ओर से जान - बूझकर रविवार की रात वाली घटना का कोई जिक्र तक नहीं किया । लेकिन मेरी मंगेतर ने अपनी ओर से बताया कि रविवार की रात को मुझे अपने बिस्तर के पास खड़े देखकर वह डर के मारे कांपने लगी थी । फिर ज्यों ही मेरी छाया उसकी ओर बढ़ने लगी , तो उसके मुंह से बेसाख्ता चीख निकल पड़ी और उसने अपनी छोटी बहन को जगाया । उसकी बहन ने भी मुझे देखने की बात स्वीकार की । फिर मैंने भी सारे मामले को खोलकर रख दिया । " हम दोनों ने अपने इस साइकिकल रिसर्च ' के शोधकर्ता दोहराने को कहा और इसकी पूर्व सूचना देने को अनुभव को लिखकर ' ब्रिटिश सोसायटी फार एडमेड गर्नी को भेज दिया । उन्होंने इस प्रयोग को भी कहा ताकि वे भी प्रत्यक्षदर्शी प्रयोग किये , जिन पर गर्नी ने सही मुझे देखा , बल्कि बाद में कई ऐसे रह सके । विश्वास मानिए , मैंने मुहर लगायी । 22 मार्च , 1884 को मेरी मंगेतर ने न सिर्फ अपने बालों पर मेरे हाथों

का स्पर्श भी स्पष्ट अनुभव किया ।

इतिहास इस प्रकार की घटनाओं से भरा पड़ा है जब एक जीवित व्यक्ति को एक ही समय में दो अलग - अलग स्थानों पर देखा गया हो । क्या हमारी दृष्टि सीमा से परे हमारे किसी ' सूक्ष्म - शरीर ' का भी अस्तित्व है ? दोहरे अस्तित्व की विलक्षण घटनाएं हमें रहस्य की भूल - भुलैया में भटकने के लिए छोड़कर चल देती हैं ।हम सिर्फ तर्क - वितर्क करते रह जाते हैं और हमारे हाथ कुछ नहीं लग पाता ।

हजारों मील दूर से इलाज

चिकित्सा की दुनिया के कितने ही जादुई चमत्कारों से आपका साबका पड़ा । होगा । मुमकिन है , आपने ऐसे डाक्टरी करिश्मे देखे हो , जब डाक्टरी कमाल ने मुर्दा होते जिस्म में जिंदगी की धड़कने भर दी हो या कि ' हबते दिल को सहारा देकर उबारा हो । डाक्टर कमाल के इन सारे मामलों में रोगी और डाक्टर का रूबरू होना लाजिमी होता है लेकिन यहां आपकी मुलाकात एक ऐसे डाक्टर से करायी जा रही है , जिन्होंने मरीजों से रूबरू होना तो दूर रहा , उनकी कभी सूरत तक नहीं देखी । हजारों मील दर बैठे अपने रोगियों का इलाज करने वाले ऐसे डाक्टर हैं 75 वर्षीय , दुबले - पतले चीनी डाक्टर माक टिग़ सुम , जो पिछले 40 वर्षों से बोध - संवहन के जरिये अपने रोगियों का इलाज करते आये हैं । कुआलालाम्पुर (मलेशिया) स्थित अपने घर से ही वह इंग्लैंड , नाइजीरिया , आस्ट्रेलिया , फ्रांस आदि सुंदर देशों के रोगियों की चिकित्सा करते हैं । डाक्टर सम रात के 12 बजे अपने बिस्तर से उठ जाते हैं और मुंह हाथ धोकर तरो - ताजा होकर जा बैठते हैं एक दूसरे कमरे में अपनी पुरानी मेज के पीछे । वहीं से वह बैठे - बैठे अपने रोगियों का इलाज करते हैं । 12 बजे से 2-3 बजे तक उनकी यह विचित्र चिकित्सा प्रक्रिया चलती रहती है । आप जानना चाहेंगे कि भला इतनी अधिक दरी से वह कैसे इलाज करते हैं तो इसका जवाब है - दरानुभूति । जी हां , वह दूरानभूति के माध्यम से अपने मरीजों का सफल इलाज करते हैं । इस अद्भुत चिकित्सा पद्धति के बारे में डॉक्टर सुम का कहना है , " उस समय मेरा मन पूरी तरह शांत रहता है । मैं 15 मिनट तक अपने

एक रोगी का नाम मन में बार - बार होने की प्रार्थना करता इन 15 मिनट में इस प्रार्थना के अलावा कोई और विचार मेरे मन में नहीं होता हा तरीका है । 8-10 रोगियों के स्वास्थ्य लाभ की कामना करके में 3-4 बजे तक मो जाता है । समका मानना है कि तीव्र ध्यान केन्द्रण

की अवस्था उनकी ' मस्तिष्कीय विचार - ऊर्जा मीलों दूर के रोगियों की काया के तंतुओं को स्पंदित करके उन्हें नयी ऊर्जा से भर देती है । फलस्वरूप रोगी के मृत ऊतक (Cells) जीवन प्राप्त कर लेते हैं और वर्षों से कष्ट झेलता मरीज स्वास्थ्य लाभ कर लेता है । यकीन मानिए डाक्टर सुम की अद्भुत और विलक्षण चिकित्सा पद्धति से सैकड़ों की तादाद में मरीज स्वस्थ हुए हैं और उन्होंने डाक्टर सम की बदौलत नयी जिंदगी की रोशनी देखी है । डॉ . सुम की एक मरीज श्रीमती लूसी ब्राउन (इबीशायर , इंग्लैंड) ने उन्हें लिखा था- " आपने मेरे रोगों का सफलतापूर्वक इलाज करके मुझे वह सुख प्रदान किया है , जिसकी अनुभूति मुझे अपने जीवन में कभी नहीं हुई थी । मैं अब पूरी तरह से स्वस्थ हूं । ' एक तरह से देखा जाये तो सुम महाशय डाक्टर हैं भी नहीं , क्योंकि उन्होंने डाक्टरी की कभी कोई औपचारिक शिक्षा प्राप्त नहीं की । कम से कम उनके कमरे में दीवारों पर टंगी डिग्री , डिप्लोमा सर्टीफिकेटों को देखकर तो ऐसा नहीं लगता । उनके कमरे में टंगा हुआ एक डिप्लोमा तो अमरीकन कॉलेज ऑफ मिनोथेरेपी का है और दूसरा सीटेल (अमरीका) टैम्पल बार कॉलेज का है , जहां से उन्होंने सन् 1939 में कानून में डाक्टरेट की थी । यह दीगर बात है कि बाद के वर्षों में उन्होंने यूरोपियन फेडरेशन ऑफ नेचुरोपैथ्स (लंदन) और इंटरनेशनल फेडरेशन ऑफ साइकोलाजिस्ट्स एवं हिप्नोथेरापिस्ट्स (लंदन) की परीक्षाएं पास करके दक्षता प्रमाणपत्र जरूर हासिल कर लिए हैं । जाहिर है , डाक्टरी की उन्होंने कोई औपचारिक शिक्षा नहीं ली और न कभी कोई प्रशिक्षण ही इस बारे में उनका कहना है- " मैंने चिकित्सा की शिक्षा प्राप्त ह ूँ कि ' बोध - संवहन ' की विधि से अपने रोगियों की चिकित्सा कर सक । मेरे पासज्यादातर ऐसे ही कंग आते हैं , जिनका कोई डाक्टर इलाज नहीं कर पाता । मैं एक समय में 10 रोगियों में अधिक का इलाज नहीं कर सकता है । बहन के जरिये डॉक्टर मन सन् 1965 से इलाज शुरू किया । उनकी पहली मरीज की

आस्ट्रेलिया की एक निर्धन महिला , जो कैंसर में पीड़ित थी डाक्टरों का कहना था कि उसकी हड्डियों में कैंसर के प्रारंभिक चिह्न प्रकट हो गये थे । उसके इलाज में काफी खर्च की जरूरत थी , जिसका प्रबंध करना उसके बते की बात नहीं थी । इसलिए उसने डाक्टर सुम को एक चिट्ठी लिखी और अपना इलाज करने की प्रार्थना की । इस तरह शुरू हुई डाक्टर सुम की जादुई चिकित्सा , जिसका सुपरिणाम भी शीघ्र ही सामने आया । दो महीने की चिकित्सा के बाद रोगी महिला के बेटे रॉफ मेरार ने डाक्टर सुम को अपनी प्रसन्नता व्यक्त करते हुए लिखा- " अब मा की हालत में बड़ा सुधार हो गया है । अब वह अपने को पहले से अधिक स्वस्थ अनुभव करती हैं । कैंसर के प्रारंभिक लक्षण भी गायब हो गये हैं । पत्र के अंत में उसने डाक्टर सुम से प्रार्थना की थी कि वह इलाज जारी रखें , ताकि उसकी मां पूर्ण रूप से स्वस्थ हो सके । अपनी अनोखी चिकित्सा की पहली कामयाबी से डाक्टर सुम को ' आस्था- चिकित्सा ' में विश्वास हो गया और फिर उन्होंने कई लाइलाज के लिए और उनका सफल इलाज किया । उनकी एक अन्य मरीज श्रीमती मारग्रेट सा (ऐसेन , नाइजीरिया) ने उन्हें लिखा- " आपके बोध - संवहन के इलाज से मेरा गठिया और स्नायविक तनाव एकदम दूर हो गया है । अब मैं एकदम स्वस्थ अनुभव करने लग गयी हूं । " डाक्टर सुम कभी भी अपने मरीज से प्रत्यक्ष भेंट नहीं करते और न ही इसके बदले फीस या कोई भेंट ही स्वीकार करते हैं । उनकी धारणा है कि यह अद्भुत क्षमता एक कुदरती करिश्मा है और प्रभु की इस असीम अनुकंपा का इस्तेमाल मानव सेवा में ही किया जाना चाहिए । जिस मरीज का केस डॉ . सुम अपने हाथ में लेते हैं , पहले उसके पास एक ' साइको - रे बैज ' (मानसिक किरण बिल्ला) भेजते हैं और उसे पत्र से सूचित करते हैं कि किस दिन और किस समय वे उसके इलाज के लिए प्रार्थना करने वाले हैं । उस निश्चित समय पर रोगी को ' साइको - रे बैज ' अपने पास ही रखना होता है और अपने

स्वास्थ्य लाभ की कामना भी ईश्वर से करनी होती है । उसी समय में डाक्टर सुम की विचार - ऊर्जा ' उसे स्पंदित करती है और धीरे - धीरे 2-4 बैठकों में मरीज को प्रत्यक्ष लाभ होने लगता है और एक दिन रोग सदा के लिए गायन हो जाता है । जिंदगी की उम्मीद छोड़ बैठे हजारों मरीजों को डाक्टर सुम ने अपनी विलक्षण शक्ति से नमी जिंदगी दी है और वे सब डाक्टर सम का यशोगान करते हुए अमनचैन से जी रहे हैं । कैसे अपनो कमाल दिखाती है बोध - संबहन की यह क्रिया ? वैज्ञानिक इसे समझ नहीं पाये हैं ।

माक टिंग सुम नामक चीनी डाक्टर

किसी भी डॉक्टरी इलाज के लिए मरीज और डाक्टर का एक - दूसरे के सामने होना जरूरी है । पर एक माक टिंग सुम नामक चीनी डाक्टर ऐसे भी हैं जो आलम्पुर स्थित अपने घर से ही इंग्लैंड नाइजीरिया , ऑस्ट्रेलिया आदि सुंदर देशों के रोगियों की चिकित्सा ' बोध - संवहन

पद्धति से करते हैं । यह अपनी मस्तिष्कीय विचार - ऊर्जा से मीलों दूर के रोगियों की काया के तंतुओं को स्परित कर उनमें नयी ऊर्जा भर देते हैं । कैसे करते हैं यह इलाज यह अपने - आप में एक पहेली ही है ।

धरती से गायब होते हैं लोग

सन् 1930 की घटना है । अगस्त - सितंबर मास की बात है । कनाडा के चर्चित पुलिस थाने से यही कोई पचास मील दूरी पर स्थित था अंजिकुनी नामक गांव यह एस्किमों लोगों की बस्ती थी । एक दिन अचानक अजिकनी गांव की परी की पूरी आबादी ही गायब हो गयी , जिसका आज तक पता नहीं चल सका हैरह की बात है कि इस घटना को बीते 50 साल से अधिक होने को आये , पर अंजिकली के निवासियों का आज तक पता नहीं लग पाया है , मानो किसी ने जाद से समर्थ आबादी को छूमंतर कर दिया हो । दिलचस्प बात यह है कि आदमी ही लुप्त हुए , उनकी रोजमर्रा की चीजें यथावत् थीं और उनके मवेशी भी सही - सलामत पा गये । आर्कटिक की बंजर भूमि से एस्किमों लोगों की पूरी की पूरी आबादी है । गायब हो जाने की बात प्रकाश में आयी , तो वहां की सरकार ने उनकी खोजबीन शुरू की । अधिकारी सोचने लगे कि कहीं समूची बस्ती के लोगों ने सामूहिव आत्महत्या ही तो नहीं कर ली ? खोजबीन के अत्यंत विस्मयकारी परिणाम सामने आये । गांव की सारी कब्रें खोद डाली गयीं । गांव के गायब हुए लोग तो नहीं मिले , हां , पहले दफनाये हुए लोगों की लाशें जरूर गायब मिली । जी हां , विश्वास मानिए , सारी कब्रे यो खाली पड़ी थीं , जैसे किसी ने सुनियोजित ढंग से लाशों का लापता कर दिया हो । अपनी तरह की यह कोई अकेली घटना नहीं । ऐसी कई घटनाएं काल - क्रम में प्रकाश में आयी हैं , जब सामूहिक रूप से लोगों के लापता होने की अविश्वसनीय घटनाओं ने लोगों को दहशत और रोमांच से लबरेज कर दिया हो और जहा मौन रह गया हो विज्ञान ।

एक घटना फ्रेंच इंडोचीन (आज का वियतनाम) की है । उस समय यह देश फ्रांसीसियों के कब्जे में था। सन् 1885 में यह अजीब घटना घटी थी । एक दिन 600 फ्रांसीसी सैनिकों की एक टुकड़ी ने छावनी में मेगॉन नगर की ओर कूच किया । यह की मुश्किल से पढह गील ही

गयी होगी कि अचानक क्या हुआ कि पूरी देखते ही देखते जाने कहां गुम हो गयी । राहगीर भी आश्चर्यचकित रह गये । उनकी आंखें विस्मय और हैरत से फटी रह गयी । उन्होंने आंखें मल - मलकर और घर - घरकर देखा पर सचमुच पूरी की पूरी टुकड़ी कहीं विलीन हो गयी थी । देखने वालों ने कहा कि ऐसा अजीबोगरीब वाकया उन्होंने अपनी जिंदगी में कभी नहीं देखा न तो उन्हें किसी ने पकड़ा और न किसी अन्य टकड़ी ने उन पर हमला ही किया था । फिर ऐसा हैरतअंगेज कारनामा क्योंकर और कैसे घटित हो गया ? बाद में गहरी खोजबीन की गयी , पर नतीजा कुछ न निकला । उन गुम हुए 600 सैनिकों में से किसी एक का भी न तो कोई सुराग मिला और न किसी की बदके आदि ही मिलीं । कुछ ऐसा ही दृश्य उस समय उपस्थित हो गया था , जब सन् 1939 के अंत में लगभग 3,000 चीनी सैनिक देखते ही देखते गायब हो गये । घटना 10 दिसंबर , 1939 के दिन दक्षिण में नानकिंग में घटी थी । दोपहर के दो - तीन बजे तक तो वे 3,000 चीनी सैनिक देखे गये थे । जब शाम को करीब पांच बजे उन सभी सैनिकों को बलाने का आदेश दिया गया , तो उनका कहीं अता - पता नहीं था । जहां वह टुकड़ी एकत्र थी , वहां उनके हथियार तो मिले पर उनका कोई नामोनिशान नहीं था । अपने हथियार छोड़कर वे सब के सब कहां गायब हो गये ? क्या किसी अदृश्य शक्ति ने उनका अपहरण कर लिया ? क्या वे किसी अन्य ग्रह को ले जाये गये ? कुछ भी तो नहीं कहा जा सकता । चूंकि उन दिनों नानकिंग पर जापान ने हमला कर रखा था , अतः चीनी सेनाधिकारियों ने विचार किया , कहीं ऐसा तो नहीं कि जापानियों ने सारे के सारे चीनी सैनिकों को बंदी बना लिया हो ? पर वे उनके हथियार क्यों छोड़ गये ? अस गुजर गया , जब आक्रमण समाप्त हुआ और आक्रमणकाल के जापानी रिकार्ड देखे गये , तो आश्चर्यजनक तथ्य उभरकर सामने आये । जापानियों ने नानकिंग में कभी एक साथ इतने अधिक चीनी सैनिकों को बंदी नहीं

बनाया था । जापानी दस्तावेज आज भी इस घटना के गवाह हैं । हिटलर के बारे में सबसे विवादास्पद पुस्तक ' द ऑकल्ट रीश ' के लेखक जे . एच ब्रेनन ने अपनी एक अन्य पुस्तक ' द अल्टीमेट एल्सव्हेबर ' में ऐसी बहुत सी घटनाओं का वर्णन किया है , जिनमें सामूहिक रूप से लोग कहीं अदृश्य हो गये और बाद में गहरी खोजबीन के बाद भी उनका कोई हाथ नहीं लगा ब्रेनन ने सुनी - मनाई बातों पर ये रहस्यगाथाएं नहीं रची हैं । उन्होंने दुनियाभर की तमाम पुलिस फाइलों का गहरा अध्ययन किया है और उनसे लिये गये उन केसों का हवाला दिया है , जिनमें सामूहिक रूप से लोग बिना कोई सूत्र संकेत छोड़ें लापता हो गए। ब्रेनन की तो मान्यता यह है कि इस धरती से परे कोई ऐसा अदृश्य लोक है . जहां के प्राणी कभी धरती पर आकर ऐसा उत्पात मचाते हैं , यानी धरती के प्राणियों का अपहरण कर लेते हैं और हमें विस्मित कर जाते हैं । ब्रेनन का कहना है कि ऐसी घटनाएं सैकड़ों की संख्या में हुई है , पर प्रकाश में कम इस नाते आ पायी है अधिकांश सरकार गुप्त कारणों से इस पर पर्दा ही पड़ा रहने देना अधिक यस्कर है ।

यदि सचमुच ऐसा है कि किसी अज्ञात लोक के प्राणी धरती के प्राणियों का अपहरण कर लेते हैं तो महज ही हमारे मन में प्रश्न उठता है कि क्या कभी ऐसा कोई अपहृत प्राणी भू - लोक में वापस भी आया है ? इसका उत्तर बेनन महाशय ' हा ' में देते हैं । ऐसे केवल एक धरतीवासी का ही उदाहरण हमारे सामने आया है । वह है सन् 1828 की एक शाम को जर्मनी के त्यमबर्ग शहर की एक सड़क पर बदहवास हालत में भटकता पाया गया कैम्पर हॉसर नामक युवक उस दबक के बारे में उसकी मृत्यु तक किसी को नहीं पता बकि आखिर वह कौन था और कहा का रहने वाला था ? कैम्प का वृत्तात देते हुए ब्रेनन लिखते हैं " जिस समय जर्मनी की सड़को पर वह दबक बदहवासी की हालत में देखा गया था , उसके पांव सजे हुए थे । प्रकाश के कारण उसकी आखे

चौंधिया रही थी । उसे अपने नाम तक का पता नहीं था और न उसे यही पता था कि वह न्यूरेमबर्ग में कहां से और कैसे पहुंचा । इसका कारण यह था कि उसे किसी अज्ञात भाषा के सिर्फ दस शब्द मालम थे , जिन्हें वह स्तोते की तरह दोहराता जाता था । भोजन दिये जाने पर उसे उसने जरूरत से कहीं अधिक खाया , पर उसे दूध और जल की कोई पहचान नहीं थी और तो और आग को उसने ऐसी निगाहों में देखा , जैसे उसे वह पहली बार देख रहा हो ।

14 दिसंबर 1833 को जब वह एक पार्क में घूम रहा था तो किसी अज्ञात व्यक्ति ने उसकी हत्या कर दी । उसकी रहस्यमय मृत्य पर ब्रेनन महाशय टिप्पणी ' हो न हो , उसका कातिल अज्ञात लोक का ही कोई बासी रहा होगा । ' सच जो भी हो , धरती के किसी भू - भाग में प्राणियों के रहस्यमय सामहिक लोप की व्याख्या विज्ञान नहीं कर सका है । ** ऐसी बात नहीं है कि लोग समूहों में ही गायब हुए ही , इतिहास के पन्ने पलटें तो ऐसे कई मामले रोशनी में आ उभरते हैं , जिनमें कई बार राह चलते - चलते या फिर कहीं भी बैठे - ठाले ही अकेले लापता हो जाने की बातें देखने - मनने में आयी है । पश्चिमी पार्कशायर स्थित ब्रेडफोर्ड में पोलैंड के कैथोलिक पावरी अंतरी बोनिस्की का मामला ऐसा ही है । 13 जलाई , 1953 की बात है । अपने घर में हीविक्टर प्रेसन जो संदन के से अचानक गायब हो गये एक बैठे थे । शाम के वक्त टेलीफोन की घंटी बजी । उसे उन्होंने उठाया और पोलिश भाषा में उत्तर देते हुए उन्होंने कहा कि " ठीक है , मैं आता है । " और इतना कहकर वे घर से गंतव्य की ओर चल पड़े । यही कोई 200 गज चलने के बाद एक मोड की ओर मड़े और उनकी बदकिस्मती तो देखिए कि यही मोड़ उनके जीवन का अंतिम मोड था । उसी मोड पर वे आखिरी बार देखे गये और फिर अचानक वह वहां से ऐसे लुप्त हो गये , मानो उन्हें हवा ने लील लिया हो । कुछ - कुछ ऐसा ही मामला कोलने वैली के तेज - तर्रार यवा सोशलिस्ट सांसद विक्टर

ग्रेसन का भी है । सन् 1920 की बात है । उस समय वे लंदन के एक होटल में ठहरे हुए थे । बार में बैठे हुए वह रिलैक्स कर रहे थे । जब अंतिम पैग समाप्त कर चुके तो वह बार से निकलकर सामने की सड़क पर किनारे - किनारे चलने लगे । चहल कदमी करते हुए वह बमुश्किल थोड़ी दूर ही गये होंगे कि देखने वालों ने देखा कि वह अचानक गुम हो गये । लाख ढूंढ़ने पर भी कहीं उनका कोई अता - पता न चल सका । इसी तरह संयुक्त राज्य अमरीका के टेनेसी स्थित गैलेटिन के निवासी डेविड लाग की गमशुदगी का प्रकरण भी कोई कम विस्मयकारी नहीं । डेविड लांग एक प्रतिष्ठित किसान थे । खलिहान स्थित अपने निवास स्थान पर वह अपने दोनों बच्चों डेविड और मॉग के साथ कुछ बातचीत कर रहे थे । एकाएक उस तेज दोपहरी में उन्हें कोई काम याद आ गया और वह अपने खलिहान से गंतव्य की ओर चल पड़े । बमशिकल अपने घर के सामने 100 गज तक चलने के बाद वे अचानक लापता हो गये । 23 सितंबर , 1808 की उस मनहूस दोपहरी की हवा ने उन्हें देखते ही देखते लील लिया । उनके अद्भुत और रहस्यमय ढंग से गायब हो जाने के 3-3 चश्मदीद गवाह भी मौजूद थे ।

जिस समय डेविड लांग अपने सालिहान में निकले , उस समय उनके दोनों बच्चे 8 वर्षीय डेविड और 11 वर्षीया गॉग - घर के बाहर खेल में मशगल थे । मित्र और संभात नागरिक न्यायाधीश आगस्टस पीक ने देखा था । पीच के साथ उनका एक और मित्र भी था । दोनों घड़सवारी के लिए निकल रहे थे । इन दोनों ने डेविड नाग के प्रति अपनी शुभकामना भी व्यक्त की । श्री जिवाब भी नाग महाशय ने दिया था । फिर तीनों धीरे - धीरे चलने लगे 5-10 कदम आगे बढ़ते ही आश्चर्यजनक ढंग से डेविड लांग अचानक लापता हो गये । सक्छ पल भर में हो गया और दोनों ठगे से खड़े रह गये । डेविड लाग के अद्भुत ढंग से गायब हो जाने की खबर सनकर खासी भीड़ जमा हो गयी और

उनकी खोज शुरू हो गयी । लोगों ने उन्हें आसपास ढूंढा । कहीं कोई गड्ढा या दरार भी नहीं थी कि वह उसमें गिरकर फंस गये होते । आसपास सखी घाम अवश्य थी , जिनमें उनके छिपने की संभावना कतई नहीं थी । सारा जनसमह विम्म्मित - विम इस घटना पर विचार करता रहा , जिसकी कोई व्याख्या न हो सकी । हा निश्चय ही उनका एक अच्छा पहोसी अदृश्य हवाओं की भेंट चढ़ गया था । ऐसी ही गमशदगी को लेकर लंदन में एक अजीबोगरीब मुकदमा पेश हुआ । सन् 1979 में लंदन के एक संबंध - विच्छेद न्यायालय में वादी महिला ने अपने पति से तलाक नामे की अर्जी देते हुए अपने प्रतिवेदन में जो कुछ कहा वह एक अद्भुत वाकिया था ।

हुआ यह कि बादी महिला श्रीमती और उसके पति एलस म 1975 में गयों की माने उत्तरी ध्रुब की ओर गये । वहा बातावरण बड़ा ही मनोरम और नैसर्गिक था जामटम दयति उन यादगार को में बताने में कोई कोर - कसर नहीं छोड़ना चाहते थे । वे रहर मर्म निकल जाते , पति खूबसूरत नजारों और अपनी बीवी की तस्वीर अपने कैमरे में जगह - जगह करता रहता । एक दिन की बात है । रूसी सीमा के निकट लेप लैंड में स्थित एक निर्जन र से होकर गुजरने वाली पगडंडी पर से वे आसपास के दृश्यों को लुभावनी में देखते आगे - आगे चले जा रहे थे । थोड़ी दर चलने पर एक मोड़ आया । एम ने सोचा कि यहां फोटोग्राफी की जाए , सो वह वहां रुक कर अपना कैमरा ठीक करने लगा और इन बातों से बेफिक्र क्रिस्टीन आगे बढ़ती चली गयी । थोड़ी चलने के बाद जब उन्हें अपने पति के कदमों की आहट नहीं सुनायी पड़ी तो उन्होंने पीछे मुड़कर देखा मगर यह क्या ? उनके पति का कही दर - दर तक अता - पता न था । वे बदहवास - सी इधर - उधर घूमती रहीं , अपने पति को जोर - जोर से प्रकारती रही और सिर्फ उनकी ही प्रतिध्वनिया उन्हें सुनायी पड़ी । पति की आवाज मद्दा के लिए गम हो गयी थी । वास्तव में क्रिस्टीन का पति , इनफोर्ड इमेक्स का निवासी एलन

जांसटन अचानक अदृश्य हो गया था । क्रिस्टीन ने इस घटना की रिपोर्ट गुमशुदा लोगों की खोज करने वाली टुकड़ी के अधिकारियों से की । एलन को ढूंढने का प्रयास व्यर्थ ही रहा । खोजी दल के कत्ले उस मोड से कभी आगे नहीं बढ़ पाये , जहा आखिरी बार क्रिस्टीन ने अपने पति एलन को देखा था । हफ्ते भर की गहरी खोजबीन का नतीजा कुछ न निकला । एक संभावना यह भी व्यक्त की गयी कि हो सकता है कि सोवियत दल द्वारा एलन को पकड़ लिया गया हो । कारण , वह स्थान रूसी सीमा के काफी नजदीक पड़ता था पर शीघ्र ही सोवियत दल के प्रधान अधिकारी ने सूचित किया कि उन्हें उक्त गमशदा के बारे में कोई जानकारी नहीं थी । उसने छानबीन के लिए एक मोजी दस्ता भी भेजा था । अंत में हारकर क्रिस्टीन 4 वर्ष की लंबी प्रतीक्षा के बाद लंदन के उक्त न्यायालय में तलाकनामा पेश किया । हालांकि अदालत के सामने ऐसे कई प्रश्न थे , जिनके उत्तर नदारद थे पर विद्वान न्यायमति ने यह मानकर कि क्रिस्टीन का पति एलन मर चुका है , उसे तलाक की अनुमति दे दी । अब क्रिस्टीन अपना स्वतंत्र जीने की कानूनी तौर पर अधिकारिणी बन गयी थी । या समो में लोगों के रहस्यमय ढंग से गायब होने के अनगिनत प्रकरण सामने आये है पर आज तक उनकी कोई तक मंगत व्याख्या नहीं हो पाई है।

<u>युवा सांसद विक्टर ग्रैसन, जो लंदन के एक होटल से अचानक गायब हो गए और फिर कभी नहीं मिले</u>

अभी तक अनेक ऐसी घटनाएँ प्रकाश में आ चुकी है , जब लोग समूहों अथवा अचानक धरती से गायब हो गये हैं । जीवित लोग तो जीवित लोग एक गांव की तो सारी क्यों तक के मुर्दे भी गायब हो चुके हैं । धारणा है कि इन घटनाओं के पीछे किसी अज्ञात लोक के प्राणियों का हाथ है । यदि सचमुच ऐसा है तो महज ही यह प्रश्न उठता है कि क्या कभी ऐसा कोई अपहृत प्राणी भू - लोक में वापस भी आया है ?

Bibliography

(1) विश्व प्रसिद्ध अनसुलझे रहस्य, पुस्तक महल

(2) ब्राह्मन्ड

(3) विश्व प्रसिद्ध अलौकिक रहस्य

(4) विश्व प्रसिद्ध अनूठे रहस्य

(5) विश्व प्रसिद्ध अलौकिक रहस्य

एक इस्लामी सम्प्रदाय अहले हदीस का परिचय

अहले हदीस एशिया में सुन्नी इस्लाम मानते हैं। इन्हें सलफ़ी सुन्नी भी कहा जाता है।सल्फ़ी, या अहले हदीस सुन्नियों में एक समूह ऐसा भी है जो किसी एक ख़ास इमाम के अनुसरण की बात नहीं मानता बल्कि मुहम्मद साहब को अपना इमाम मानते है और उसका कहना है कि शरीयत को समझने और उसके सही ढंग से पालन के लिए सीधे क़ुरान और हदीस (पैग़म्बर मोहम्मद के कहे हुए शब्द) का अध्ययन करना चाहिए और जिस तरह मुहम्मद साहब के साथी अनुयायियों सहाबी ने क़ुरान और मोहम्मद साहब की हदीस को समझा और उसका मतलब निकाला वही मतलब लेना।

इसी समुदाय को सल्फ़ी सुन्नी और अहले-हदीस, अहले-तौहिद आदि के नाम से जाना जाता है। यह संप्रदाय चारों इमामों के ज्ञान, उनके शोध अध्ययन और उनके साहित्य की क़द्र करता है।

लेकिन उसका कहना है कि इन इमामों में से किसी एक का अनुसरण

अनिवार्य नहीं है। उनकी जो बातें क़ुरान और हदीस के अनुसार हैं उस पर अमल तो सही है लेकिन किसी भी विवादास्पद चीज़ में अंतिम फ़ैसला क़ुरान और हदीस का मानना चाहिए। अहले-हदीस उर्फ सलफ़ी सुन्नी इसी लिए एक बार मे तीन तलाक़ और हलाला जैसे मान्यताओ को नही मानते क्यो की इसका सबूत क़ुरान या हदीस में नही मिलता। सलफ़ी सुन्नी समूह का कहना है कि वह ऐसे इस्लाम का प्रचार चाहता है जो पैग़म्बर मोहम्मद के समय में था।

युरोप, दक्षिण एशिया तथा मध्य पूर्व के अधिकांश इस्लामिक विद्वान उनकी विचारधारा से ज़्यादा प्रभावित हैं। अमेरिका में भी ज़्यादातर मुसलमान सलफ़ी सुन्नी समुदाय से हैं

अहले हदीस दो शब्दों के मिश्रण से बना शब्द है- अहल और हदीस। हदीस का शाब्दिक अर्थ है बात। हदीस धार्मिक मान्यतों में पैगंबर मुहम्मद की बातों को कहा जाता हैं

मान्यताएँ–अहले हदीस क़ुरान और सुन्नत को ही धर्म और उसके कानून को समझने का स्रोत मानती हैं, ये हर उस चीज़ का विरोध करती हैं जो इस्लाम में बाद में आयी।

शाखाएं–अहले हदीस का तरीक़ा अस्ल में एक फ़िक्ही और इज्तिहादी तरीक़ा था। दूसरे शब्दों में कहा जाए तो अहले सुन्नत वल जमात के धर्म की समझ रखने वाले अपने तौर तरीक़े की वजह से दो गीरोह में बटे हैं।

अस्हाबे राई–अस्हाबे राई समूह का केंद्र इराक़ था। वह हुक्मे शरई को हासिल करने के लिए क़ुरआन और सुन्नत के अलावा इज्तिहाद से भी काम लेता था। यह लोग फ़िक्ह में क़्यास (अनुमान) को मोअतबर (विश्वासपात्र) समझते हैं और यही नहीं बल्कि कुछ जगहों पर इसको क़ुरआन और सुन्नत पर मुक़द्दम (महत्तम) करते हैं।

इस समूह के संस्थापक अबू हनीफा (देहान्त 150 हिजरी) हैं।

अस्हाबे हदीस–दूसरे समूह अस्हाबे हदीस का केंद्र हिजाज़ था। यह

लोग सिर्फ कुरआन और हदीस के ज़ाहिर (प्रत्यक्ष) पर भरोसा करते थे और पूरी तरह से अक़्ल का इंकार करते थे। इस समूह के बड़े उलमा (विद्वान), मालिक इब्ने अनस (देहान्त 179 हिजरी), अहमद इब्ने हम्बल हैं। अरब के अधिकांश विद्वान अहमद इब्न हम्बल कि विचारधारा से प्रभावित हैं।

अहले हदीस पंथ के मानने वाले तक़लीद नहीं कही करते, वो मानते हैं कि कुरान और सुन्नत से ही सारे मसले और धर्म के कानून को समझा जा सकता हैं और इसके लिए किसी एक इमाम की तक़लीद की ज़रूरत नहीं है।

सुन्नी इस्लाम–इस्लाम का सबसे बड़ा सम्प्रदाय–अहले सुन्नत वल जमात

हदीस–पैग़म्बर मुहम्मद की उक्तियों और शिक्षाओं का संग्रह

Nawab Siddiq Hasan Khan (1832–1890)

one of the founders of Ahl-i Hadith movement was influenced by Yemeni scholar Al-Shawkani

Sayyid Siddiq Hasan Khan, Sayyid Nazeer Hussain Dehlawi, Muhammad Hussain Batalvi, and British Raj

In the mid-nineteenth century, an Islamic religious reform movement was started in Northern India that continued the Tariqah-i-Muhammadiyya movement. It rejected everything introduced into Islam after Qur'an, Sunnah, Hadith and the early eras.[38][39] This was led by Nawab Siddiq Hasan Khan of Bhopal (1832–1890) whose father became a Sunni convert under the influence of Shah 'Abd al-Aziz (1746–1824) and Syed Nazir Husain (1805–1902) who was a student of Muhaddith Shah Muhammad Ishaq (1782–1846), the grandson of Shah 'Abd al-Aziz and his

Khalifa (successor). With the aim of restoring Islamic unity and strengthening Muslim faith, they called for a return to original sources of religion, "Qur'an and Hadith" and eradicate what they perceived as bid'ah (innovations), shirk (polytheism), heresies and superstitions.

बाप -दादा से मिले प्राचीन सिक्के

1935 ईस्वी के उर्दू भारतीय अखबार निम्न है, यह मुझे बाप दादा से मिला है–

طبی مشورہ کا انتظام

1976
INTERMEDIATE
SURE GUESS
BHARATA
Nett Price
0-80
DINESH
PRAKASHAN
MANDIR,
BUDAUN

संग्रह कर्ता – अब्दुल वहीद
दुर्लभ चीजें जो बाप दादा से प्राप्त हुई।

अपना स्वास्थ्य (सेक्स संबंधी)

समस्या व निदान

हम इस बात को कभी न भूलें कि काम यानी मेहनत या परिश्रम जीवन को बेहतर बनाने के लिए किया जाता है मगर कोई बेहतरीन जीवन सिर्फ काम्या परिश्रम के लिए नहीं होता जब तक हम उसे नहीं समझेंगे और अपने आज तो दिन रात कमाने के फेर में मशीन बना देने से बाज नहीं आएंगे तब तक हमारी सारी नैसर्गिक क्रिया खुशियां और जीवन बदतर ही रहेगा।

इसकी शुरुआत सेक्स जीवन से करनी होगी क्योंकि सेक्स महज शारीरिक क्षमता नहीं है बल्कि मानसिक खुशी और मनोवैज्ञानिक सुकून भी है इसलिए सेक्स संबंधी बीमारियों का शिकार होने से बचने का सबसे पहला सरल और सही तरीका यही है कि हम अपने आपको मशीन बनाने से बचें।

आदमी बहुत कुछ सीखता है लेकिन जरूरी नहीं कि पढ़ा गया हर शब्द सही ही हो , किसी हद तक यही बात देखने और सुनने पर भी लागू होती है . फिलहाल , यहां संदर्भ सैक्स संबंधी तमाम उपदेशात्मक साहित्य का है . हाल के कई शोधों से यह बात सामने आई है कि जो महिलाएं कम पढ़ीलिखी हैं या सैक्स के बारे में ज्यादा कुछ नहीं जानतीं वे उन महिलाओं के मुकाबले आर्गेज्म या चरम सुख ज्यादा हासिल कर लेती हैं जो बेहद पढ़ीलिखी और सैक्स के मामले में काफी जानकारी रखती हैं . इसलिए सैक्स को ले कर बहुत पढ़ने की जरूरत नहीं है क्योंकि सैक्स के बारे में पढ़ कर उसे बेहतर ढंग से अंजाम नहीं दिया जा सकता . इस के लिए तो इस से गुजरना ही पड़ता है . ठीक उसी तरह से जैसे बेहतरीन व्यंजनों के बारे में चाहे जितना पढ़ लें , उन का न तो असली स्वाद पता चलता है और ना ही हम उनका वास्तविक आनंद उठा पाते हैं।

आदमी को अपनेआप को इस तरह निथोड़ने की जरूरत पड़ गई है ? सुखसुविधाओं के फेर में कुछ इस तरह उलझा है , अपने शरीर और दिमाग का कचूमर निकाल रहा है . यह अकारण नहीं है . पूरी दुनिया में काम करने की उम्र वाले 60 फीसदी से ज्यादा लोगों के चिड़चिड़े होने का कारण यह है कि वे अपनी मानसिक और शारीरिक क्षमताओं से ज्यादा काम करते हैं .

मेडिकल साइंस की तमाम बेहतरी के बावजूद लोगों के मरने की दर में कोई खास कमी नहीं आई है और मानसिक रूप से अस्वस्थ लोगों की तादाद तो आजकल पहले से बहुत ज्यादा बढ़ गई है . यूरोप में हर तीसरा व्यक्ति मानसिक रूप से तनावग्रस्त है . अमेरिका में तो हालत इस से भी बुरी है . वहां हर दूसरे व्यक्ति को कोई न कोई मानसिक समस्या है .

सैक्स संबंधी समस्याएं

इन सब के पीछे एक ही कारण है कि आदमी का लगातार सक्रिय रहना , काम में डूबा रहना , टारगेट पूरा करने के लिए हर समय तनावग्रस्त रहना और खुद को मशीन बना लेने की प्रवृत्ति

हां ज्यादातर लोगों को सेक्स लाइफ बर्बाद है फिर भी यह लक्ष्य पुराना ना हो पाने की पीड़ा झेल रहे हैं अपनी भौतिक सुख-सुविधाओं की ख्वाहिशों में इंसान कुछ इस तरह उलझा है कि उसने अपनी शारीरिक और मानसिक दुर्गति कर ली है इन इसका सबसे ज्यादा असर सेक्स संबंधों पर पड़ा है आज दुनिया का कोई ऐसा देश नहीं है जहां सेक्स संबंधी समस्याएं किसी महामारी की तरह फैल रही हो जो चेत्र जितना ज्यादा विकसित है भौतिक रूप से जितना ज्यादा संपन्न है वहां यह समस्या उतनी ही जटिल है।

हाल के एक सर्वेक्षण के मुताबिक 50 फीसदी से ज्यादा ब्रिटिश पुरुषों की सेक्स में अरुचि हो गई है वजह यह है कि वे कामयाब सैक्स नहीं कर पाते . लगभग इसी आंकड़े की तरफ हिंदुस्तान भी बढ़ रहा है .

जिस तेजी से हिंदुस्तान में समृद्धि बढ़ रही है , लोगों का रहनसहन बेहतर हो रहा है उसी अनुपात में सैक्स संबंधी समस्याएं भी बढ़ रही हैं .

नीमहकीम सैक्सोलोजिस्टों के पास भी समस्याग्रस्त लोगों की कतारें बढ़ती जा रही हैं . कुछ चोरीछिपे आ रहे हैं तो कुछ खुलेआम अखबार के दफ्तरों , पत्रिकाओं और टैलीविजन में समस्याओं से संबंधित कालमों , कार्यक्रमों में ऐसे लोगों के पत्रों , फोन कौल्स की भरमार हो गई है जो तथाकथित विशेषज्ञों से अपनी सैक्स संबंधी समस्याओं के बारे में सलाह लेना चाहते हैं . आखिर क्यों स्वास्थ्य संबंधी तमाम बेहतरी के बावजूद सैक्स संबंधी समस्याएं किसी महामारी की तरह बढ़ रही हैं ?

विभिन्न शोध इस सवाल का एक ही जवाब बताते हैं कि दिन रात ज्यादा से ज्यादा मेहनत करने के फेर में इंसान ने अपनी खुशियां खो दी है मजे की बात तो यह है कि वह काम के इस जाल में सिर्फ इसलिए उलझा है कि उसकी जिंदगी बेहतर बने लेकिन उसे पता नहीं कि काम के इसी जाल में उसकी कामेच्छा का काम तमाम कर दिया है।

वरिष्ठ मनोविज्ञानी डा . जितेंद्र नागपाल कहते हैं , " यह आज के जमाने का ' हरी ऐंड वरी ' लाइफस्टाइल का तरीका है जिस के कारण तमाम दूसरी जिम्मेदारियों और कार्यों की तरह हम ने सैक्स का भी एक शेड्यूल निर्धारित कर दिया है . ज्यादा समझदार और जिंदगी को गणितीय अनुशासन के साथ चलाने वाले लोगों ने पहले से यह निर्धारित कर लिया है कि कब उन्हें प्यार करना है , कब संभोग करना है और कितनी देर तक करना है . वास्तव में यह शेड्यूल ही असली समस्या है . यह परफौरमैंस संबंधी दबाव पैदा करता है और यही दबाव आखिरकार कामेच्छा के लिए घातक सिद्ध हो रहा है , मानसिक रूप से भी और शारीरिक रूप से भी . " अगर लोगों में यही आदत जारी रही

तो सैक्स समस्याएं वाकई एक बड़ी महामारी बन जाएंगी और तब इस को नियंत्रित करना असंभव हो जाएगा ।

यौन अंगों के प्रति मिथ्या धारणाएं

कई लोगों के मन में अपने यौन अंगों के विषय में कई प्रकार की गलत धारणाएं बनी हुई होती हैं । उन धारणाओं के कारण वे व्यर्थ में परेशान बने रहते हैं ।

शिश्न के आकार संबंधी मिथ्या धारणा :

शिश्न के आकार का यौन आनंद उठाने में कोई विशेष महत्त्व नहीं होता । शिश्न की लंबाई चाहे 10 सेंटीमीटर हो , चाहे 18 सेंटीमीटर , इससे कोई विशेष अंतर नहीं पड़ता , क्योंकि योनि केवल चार - पांच सेंटीमीटर तक ही संवेदनशील होती है , उसके पश्चात् नहीं । इसी स्थान पर शिश्न के घर्षण से आनंद की प्राप्ति होती है ।

जब शिश्न अकड़ी हुई अवस्था में होता है , तो उसकी लंबाई 14 से 16 और उसकी परिधि 12 सेंटीमीटर तक होती है । व्यक्ति के कद का इस पर कोई प्रभाव नहीं पड़ता ।

योनि के आकार संबंधी मिथ्या धारणा :

कई महिलाओं को योनि के आकार के संबंध में मिथ्या धारणाएं बनी रहती हैं , जो उनमें तनाव की स्थिति बनाए रखती हैं । विश्राम पूर्ण स्थिति में एक सामान्य योनि 8 से 11 सेंटीमीटर तक गहरी होती है , किंतु उत्तेजना की अवस्था में यह गहराई बढ़ जाती है और इसका मार्ग फूलकर संकुचित हो जाता है । इससे संभोग में आनंद आता है ।

यौन स्थिति में सबसे अधिक चिंता किस बात की होती है ?

पुरुषों की चिंता का सबसे बड़ा कारण उनके शिश्न की लंबाई संबंधी होता है । इसी प्रकार स्त्रियों की चिंता का कारण उनकी छाती के आकार का होता है । ये दोनों कारण उनकी मिथ्या धारणा के कारण ही होते हैं । पुरुषों को यह भी समझ लेना चाहिए कि लिंग की कठोरता घटते - बढ़ते रहना स्वाभाविक है । शादी के एक - दो साल बाद यौन

की गति में कमी आ जाना भी स्वाभाविक है । इससे चिंता की कोई बात नहीं । प्रत्येक व्यक्ति जीवन में कभी - न - कभी ढीलापन अवश्य अनुभव करता है ।

स्त्री की काम शक्ति के बारे में क्या मिथ्या धारणा है ? स्त्रियों की काम शक्ति के बारे में कई प्रकार की मिथ्या धारणाएं प्रचलित हैं , जैसे कि

1. जो स्त्री अधिक काम इच्छा प्रकट करती है , वह बदचलन होती है ।

2. जो स्त्री एक से अधिक बार रति - आनंद अवस्था (multiple Orgasm) को प्राप्त कर लेती हो , उसमें काम इच्छा बहुत अधिक हो जाती है ।

3. स्त्री एक ही बार में कई पुरुषों को संतुष्ट कर सकती है , यह भी एक मिथ्या धारणा ही है ।

संभोग में कितना समय लगना चाहिए ?

संभोग में कितना समय लगना चाहिए , इसका एक निश्चित उत्तर देना काफ़ी कठिन है , क्योंकि यह कई बातों पर निर्भर करता है कि व्यक्ति संभोग के विषय में कितनी और कैसी जानकारी रखता है , कैसे वातावरण में संभोग किया रहा है और दोनों आपस में कितना सहयोग प्रदान कर रहे हैं एवं कैसी आनंद की अनुभूति प्राप्त कर रहे हैं । ऐसे भी बहुत से लोग हैं , जो अज्ञानतावश इसे दो तीन मिनट में ही निपटा देते हैं । कुछ ऐसे जानकार लोग भी हैं , जो अपनी समझदारी से इस क्रिया को आधे घंटे तक भी बढ़ा सकते हैं । कई लोग एक घंटे तक संभोगपूर्वक क्रियाओं में लगे रहते हैं । । यदि कोई व्यक्ति लंबे अंतराल के पश्चात् संभोग करेगा , तो बहुत शीघ्र ही उसका वीर्य पतन हो जाएगा । ऐसी अवस्था में दूसरी बार संभोग करने में अधिक समय लगेगा । संभोग में कितना समय लगाना है , यह व्यक्ति की अपनी रुचि , अनुभव , ज्ञान एवं वातावरण पर निर्भर करता है ।

संभोग कितनी बार करना चाहिए ?

कुछ लोग ऐसे भी होते हैं , जो यह दावा करते हैं कि वे अपने वीर्य के अपसारण को संभोग क्रिया के बीच में ही रोक सकते हैं और लगातार दो - तीन बार संभोग कर सकते हैं । कई लोग ऐसे भी हैं , जो सप्ताह में दो - तीन बार से अधिक संभोग नहीं कर सकते । इसका उनके स्वास्थ्य पर कोई प्रतिकूल प्रभाव नहीं पड़ता । जितनी संभोग करने की क्षमता किसी व्यक्ति के शरीर में होती है , यदि उससे अधिक की मांग की जाएगी , तो शरीर ऐसा करने से मना कर देगा । कुछ लोग यौन क्रियाओं के बहुत बड़े खिलाड़ी होते हैं , कुछ बहुत ही होते हैं । इस बात का संबंध शरीर के साधारण स्वास्थ्य दुर्बल प्रकृति से कुछ भी नहीं होता है । यह तो केवल शुक्राणु एवं वीर्य छोड़ने वाले ग्लैंड्स की कार्यकुशलता पर निर्भर करता है । सामान्य अवस्था में भी प्रत्येक पुरुष की क्षमता (Potency) अलग - अलग होती है । यह उसकी आयु , शारीरिक बनावट , स्वभाव , जातिगत गुण , आदतें , कामुक वातावरण , पूर्व धारणा एवं प्राप्त किए गए चूर्व ज्ञान पर निर्भर करता है ।

ढलती उम्र और संभोग

जैसे - जैसे व्यक्ति की आयु बढ़ती जाती है , वैसे ही शारीरिक क्षमता के साथ - साथ संभोग करने की क्षमता में भी कमी आने लग जाती है । यह शारीरिक बनावट , स्वास्थ्य , मानसिक सोच के अनुसार प्रत्येक व्यक्ति में अलग - अलग स्तर की होती है । यदि इस आयु में किसी व्यक्ति को संभोग की सुविधाएं ही प्राप्त न हों , तो उसमें बुढ़ापा तेज गति से आने लगता है । पहले लोगों में यह धारणा पाई जाती थी कि पुरुष 50 वर्ष के पश्चात् एवं स्त्री में रजोनिवृत्ति के पश्चात् संभोग में रुचि समाप्त हो जाती है , लेकिन अब इस धारणा में बदलाव आया है । जब बच्चों को यह पता चलता है कि उनके बड़ी उम्र के माता - पिता या दादा - दादी अभी भी संभोग में रुचि लेते हैं , तो बच्चे उन्हे हेय

दृष्टि से देखने लगते हैं । यह एक मिथ्या धारणा है कि बूढ़े लोगों में यौन की भावना समाप्त हो जाती है , केवल उनकी यौन क्षमता में ही कमी आती है । यह भी एक सत्य है कि यदि यौन अंगों का उपयोग लंबे समय तक न किया जाए , तो वे ठीक से कार्य करना बंद कर देते हैं , जिससे बुढ़ापा तेज गति से बढ़ने लगता है । इसीलिए डॉक्टर लोग बूढ़ों को यही परामर्श देते हैं कि यदि आपका स्वास्थ्य ठीक हो और आपके अंदर क्षमता हो , तो बुढ़ापे में भी अपनी क्षमता के अनुसार संभोग को जारी रखना चाहिए । इससे व्यक्ति अपने शरीर में स्फूर्ति अनुभव करने लगता है और बुढ़ापे की गति को कम करने में सफल हो जाता है ।

सदा याद रखने योग्य बातें

1. 50 प्रतिशत से भी अधिक लोगों को कभी - न - कभी शिश्न के खड़ा न होने की समस्या का सामना करना पड़ता है । किसी - न - किसी स्तर पर यह समस्या अवश्य पैदा होती रहती है । 2. 20 प्रतिशत से अधिक लोग वीर्य के शीघ्र पतन से परेशान रहते हैं । 3. 10 प्रतिशत वीर्य के देर से पतन होने के कारण परेशान रहते हैं । जिन लोगों में आत्मविश्वास की कमी होती है , वे ऐसी हरकतें करने लगते हैं कि जिससे उनकी समस्या और भी अधिक बढ़ जाती है । कई लोग तो ऐसी स्थिति में मैथुन करना ही त्याग देते हैं और हस्तमैथुन आदि का सहारा लेने लगाते हैं । मैथुन में असफल हो जाने का भय ही उनकी मुख्य समस्या होती है , अन्यथा वे शारीरिक रूप से सामान्य ही होते हैं । अतः भय को दूर भगाएं और प्रयत्न जारी रखें ।

यौन समस्याएं , जिनसे लोग प्रायः परेशान रहते हैं

कुछ यौन समस्याएं ऐसी भी हैं , जिनसे काफी लोग परेशान एवं तनावग्रस्त रहते हैं । उनमें से कुछ समस्याएं निम्नलिखित हैं

1. नपुंसकता क्या है ? : ऐसा माना जाता है कि 50 प्रतिशत से भी अधिक लोग अपने जीवन में कभी - न - कभी नपुंसकता का अनुभव

अवश्य करते हैं । इस अवस्था में पुरुष का शिशन ठीक प्रकार से खड़ी अवस्था में नहीं आ पाता , या खड़ा रह नहीं पाता । एक अवस्था तो वह है कि जिसमें व्यक्ति अपने शिशन को खड़ी अवस्था में लाकर भी संभोग कर ही नहीं पाता । दूसरी अवस्था वह है , जब वह केवल एक बार ही संभोग कर पाता है , उसके पश्चात् दूसरी बार नहीं । नपुंसकता का अधिकतर कारण मनोवैज्ञानिक होता है , जो किसी भय या तनाव या किसी मिथ्या पूर्व धारणा के कारण पैदा हो जाता है । यह शरीर में किसी प्रकार की कमी के कारण नहीं होता । इसका इलाज भी मनोवैज्ञानिक ढंग से ही हो पाता है ।

2. पुरुष की अपसारण क्षमता : कुछ लोग ऐसे भी होते हैं , जो संभोग आरंभ करते ही अपसारण (Ejaculation) अवस्था को प्राप्त हो जाते हैं , अपने वीर्य को रोक नहीं पाते । इससे उनके अंदर हीन भावना भरने लग जाती है , जो उनकी समस्या को और भी अधिक बढ़ाती जाती है । ऐसे लोग संभोग से पूरा आनंद एवं संतुष्टि नहीं उठा पाते । दूसरी अवस्था वह है , जिसमें वीर्य का अपसारण हो ही नहीं पाता । एक अवस्था वह भी है , जब व्यक्ति को अपने वीर्य का अपसारण करने के लिए किसी अतिरिक्त उत्तेजना का सहारा लेना पड़ता है । ये सभी समस्याएं भी मनोवैज्ञानिक ही हैं । शारीरिक कमजोरी से इसका कोई संबंध नहीं होता । केवल मनोवैज्ञानिक मार्गदर्शन से ही ऐसी समस्याओं को • सुलझाया जा सकता है । भय , निराशा , तनाव , चिंता और दोषपूर्ण पूर्व ज्ञान इसके कुछ मनोवैज्ञानिक कारण हैं ।

संभोग के समय स्त्री चरम आनंद क्यों नहीं उठा पाती : इसमें भी एक अवस्था तो वह है , जिसमें स्त्री में ठंडापन (Frigidity) बना रहता है और संभोग के समय वह उत्तेजित अवस्था में नहीं आ पाती । इससे स्त्री पुरुष दोनों को पूर्ण आनंद की प्राप्ति नहीं होती । दूसरी अवस्था वह है , जिसमें स्त्री केवल एक विशेष स्थिति में ही रतिक्षण यानी

चरम आनंद प्राप्त कर पाती है , साधारण संभोग में नहीं । यह भी एक मनोवैज्ञानिक समस्या ही है ।

4. योनि के प्रवेश द्वार में बाधा क्यों पैदा जाती है ? : इस अवस्था में योनि के प्रवेश द्वार की मांसपेशियां ऐंठ जाती हैं और शिशन योनि में प्रवेश नहीं कर पाता । यह अवस्था उन महिलाओं में पैदा हो जाती है , जो किसी कारणवश संभोग से भयभीत रहती हैं , जैसे यदि किसी से कभी बलात्कार किया गया हो और उस अवस्था का अभी तक भय बना हुआ हो । यह भी एक मनोवैज्ञानिक समस्या ही है । इसी को योनि बाधा (Vaginismus) कहते हैं ।.

संभोग में पीड़ा अनुभव क्यों होती है ? :

यह अवस्था पुरुष या स्त्री किसी को भी हो सकती है । इसका संबंध शिशन या योनि के किसी बनावट संबंधी दोष से , या किसी मनोवैज्ञानिक कारण से भी हो सकता है । यदि कोई महिला धार्मिक विचारों की हो और उसे बचपन से ही यह शिक्षा दी गई हो कि यौन संबंध केवल नरक के द्वार हैं , तो ऐसे पूर्व ज्ञान वाली महिला संभोग के समय पीड़ा अनुभव करने लग जाती है ।

क्या आप यौन रूप से सामान्य हैं ?

कुछ लोग ऐसे भी होते हैं , जिनके मन में यह आशंका बनी रहती है कि क्या वे यौन रूप से सामान्य भी हैं , या नहीं । 99 प्रतिशत लोगों में ऐसी सोच का कारण केवल मनोवैज्ञानिक ही होता है । शरीर से उसका कोई सीधा संबंध नहीं होता । व्यक्तिगत जीवन में कोई व्यक्ति चाहे कितना बड़ा नेता , अभिनेता या वैज्ञानिक क्यों न हो , ऐसी भावना मन में उठना एक सामान्य बात है । ऐसी सोच केवल मनुष्यों में ही देखने को मिलती है , पशुओं में नहीं , क्योंकि मनुष्य अपनी नकारात्मक , सोच , चिंता एवं तनाव के कारण ऐसी स्थिति में फंसता ही रहता है । यह समस्या जन्म से पहले ही आरंभ हो जाती है । सबसे

पहले मां को यह चिंता लगी रहती है कि उसके गर्भ में पलने वाला बच्चा क्या सामान्य है या कि नहीं ?

सामान्य होने का अनुमान किन बातों से लगाते हैं ?

कुछ बातों को देखकर हम बड़ी आसानी से इस बात का अनुमान लगा सकते हैं कि व्यक्ति यौन रूप से सामान्य है या कि नहीं , उनमें से कुछ मुख्य बातें इस प्रकार से हैं 1. व्यक्ति में मैथुन करने की कितनी क्षमता है ? 2. उसके शिश्न का आकार कितना और कैसा है ? 3. यौन के प्रति उसका रुझान कैसा है ? 4. इस बारे में उसका पूर्व ज्ञान एवं व्यवहार कैसा है ? जब कोई व्यक्ति यौन के संबंध में बढ़ा - चढ़ाकर की गई बातें सुनता है , अश्लील पुस्तकों में पुरुषों के बढ़ाकर बनाए गए लंबे - मोटे शिश्न देखता है और उन कहानियों के नायकों के मुख से यौन क्षमता के बड़े - बड़े दावे पढ़ता है कि वे किसी स्त्री के साथ कई घंटे तक संभोग कर सकते हैं , ऐसी अवस्था में उनको स्वयं पर शंका होने लगती है कि क्या वे यौन रूप से सामान्य भी हैं या नहीं ?एक संतुष्ट महिला ही पुरुष में यह आत्मविश्वास जगा सकती है कि वह यौन रूप से पूरी तरह से सामान्य है । कई महिलाओं में भी यह शंका बनी रहती है कि क्या वे यौन रूप से सामान्य हैं या नहीं । यह शंका उनके मन में अपनी छाती एवं योनि के आकार को एवं अपने भार को लेकर पैदा होती रहती है । जब उन्हें रतिक्षण (Orgasm) प्राप्त करने में कठिनाई होती है , तो भी उनके मन में ऐसी आशंका पैदा होना स्वाभाविक है । सामान्य यौन विकास क्या है ?

अब हम थोड़ा इस बात पर भी विचार कर लें कि सामान्य यौन विकास में कौनसी बातें मुख्य होती हैं । ये प्रमुख बातें निम्नांकित हैं –

1. बचपन की जिज्ञासा : बचपन में बच्चे के मन में पैदा होने वाली यौन संबंधी जिज्ञासा को ठीक ढंग से समझाकर शांत कर देना चाहिए ।

2. तरुण अवस्था एवं युवा अवस्था की जिज्ञासा : बच्चों को स्कूल के स्तर पर भी उचित यौन शिक्षा दी जानी चाहिए , जिससे यौन संबंधी उनकी जिज्ञासा शांत होती रहे । माता - पिता को भी बच्चों को ऐसी शिक्षा देने में शर्म अनुभव नहीं करनी चाहिए । उचित यौन शिक्षा के अभाव में बच्चों का सामान्य यौन विकास नहीं हो पाता है ।

3. प्रथम यौन अनुभव : यौन संबंधी भ्रामक ज्ञान भी व्यक्ति को कई बार परेशान करने वाली स्थिति में पहुंचा देता है , जिससे व्यक्ति के मन में तनाव बढ़ जाता है और व्यक्ति असामान्य व्यवहार करने लगता है ।

पुरुष कैसे काम क्रीड़ा में असफल हो जाता है ?

यदि पुरुष के मन में उद्विग्नता या असफल हो जाने का भय बना हुआ हो , या कोई ऋणात्मक विचार , जैसे अपराध बोध , शर्म या स्त्रियों के प्रति विरोध की भावना मन में भरी हो , तो ऐसी अवस्था में उसके शिश्न में उत्तेजना नहीं आ पाएगी , क्योंकि ऐसी अवस्था में मांसपेशियांतनाव की स्थिति में आ जाती हैं और शिश्न की ओर रक्त की सप्लाई रुक जाती है । संकोची पेशियां (Sphincter Muscles) शिश्न की ओर रक्त का बहाव रोक देती हैं और पुरुष को लज्जित होना पड़ जाता है । वह काम - क्रीड़ा का भरपूर आनंद नहीं ले पाता ।

वीर्य को शीघ्र अपसारण से कैसे रोका जा सकता है ? बहुत से लोग प्रायः ऐसे होते हैं कि ज्यों ही वे मैथुन क्रिया आरंभ करते हैं , तो योनि के अंदर उनके वीर्य का शीघ्र अपसारण हो जाता है । इससे उनमें हीनता की भावना पैदा हो जाती है और पत्नी के सामने स्वयं को शर्मिंदा अनुभव करने लगते हैं । ऐसे लोगों में आत्मविश्वास की कमी होती है । यदि आप भी स्वयं के ऊपर नियंत्रण नहीं रख पाते हैं और आपके वीर्य का शीघ्र अपसारण हो जाता है , तो आपको अपना ध्यान संभोग से हटाकर कहीं अन्यत्र लगाने की कला सीखनी पड़ेगी । यह बात सदा ध्यान में रखें कि महिलाएं धीरे - धीरे ही तैयार होती हैं ,

पुरुषों की तरह एकदम से नहीं । यदि आप एकदम से तैयार हो जाते हैं और आपके साथी की गति बहुत धीमी है , तो इसका सबसे बढ़िया हल यही है कि आप प्यार करना आरंभ करने से पहले ही एक बार हस्तमैथुन कर लें । इससे आप अति उत्तेजना से बचे रहेंगे और मैथुन क्रिया में काफ़ी समय भी ले जाएंगे । जब नई - नई शादी होती है , तो ऐसी स्थिति कई बार पैदा हो जाती है । कुछ लोग अपने ध्यान को कहीं और लगाने के लिए किसी मंत्र आदि का जाप करने लगते हैं , या किसी अन्य घटना की ओर अपना ध्यान लगा लेते हैं । अभ्यास द्वारा ही ऐसा करना संभव हो पाता है ।

आपसी प्रेम और विश्वास घर को स्वर्ग बना देता है। ऐसा माना जाता है कि कई पति एवं पत्नियां एक - दूसरे को मूर्ख बनातेरहते हैं । कुछ पति प्रायः यह शिकायत करते हैं कि उन्हें अपनी पत्नी से उतना यौन सुख प्राप्त नहीं होता , जितना कि उन्हें मिलना चाहिए । इसीलिए वे दूसरी स्त्रियों के पास जाकर उस कमी को पूरा करने का प्रयास करते हैं । ऐसा ही तर्क पलियां भी देती हैं कि उन्हें अपने पति से वह यौन सुख प्राप्त नहीं हो रहा है , जो उन्हें मिलना चाहिए । इसीलिए वे दूसरे पुरुषों से उसे पाने का प्रयास करती हैं । पति यह मानकर चलता है कि पत्नी तो घर की ही वस्तु है । जिस पुरुष को प्यार करने का ढंग नहीं आता , वह रतिक्रिया के नाम पर अपनी पत्नी का केवल बलात्कार ही करता है तथा रति पूर्व क्रीड़ा करता ही नहीं , एकदम से रतिक्रिया आरंभ कर देता है । ऐसे पुरुषों की पलियां यौन संतुष्टि के लिए अन्य पुरुषों की ओर देखने लगती हैं । पलियां ऐसे पति चाहती हैं , जो उससे मीठी - मीठी बातें भी करें । एक - दूसरे से भावनात्मक लगाव तभी पैदा होता है , जब दोनों सहज हों और एक - दूसरे के साथ सुख का अनुभव कर सकें , तभी यौन संबंध पशुवृति से ऊपर उठकर आध्यात्मिक स्तर तक जा सकता है । जो लोग एक पत्नी के साथ ही रहते हैं । उनका स्वास्थ्य भी ठीक रहता है और उनके जीवन में तनाव

भी कम होता है । शादी भी एक बैंक खाते की तरह ही होती है । इसमें आप जितना जमा करोगे , उतना ही आपको ब्याज सहित वापिस मिल जाएगा । जो पति - पत्नी एक - दूसरे के प्रति पूरी तरह से वफ़ादार नहीं होते । वे नए साथी पाकर भी उनसे शीघ्र ऊब जाते हैं । समझदार व्यक्ति अपने परिवार को टूटने से बचा लेते हैं । मूर्ख लोग अपने अहम् के कारण हालात से समझौता नहीं कर पाते । प्यार हो जाना कठिन नहीं होता है , किंतु उस प्यार को बनाए रखना काफ़ी कठिन है , क्योंकि हम एक - दूसरे के प्रति भावनात्मक लगाव पैदा नहीं कर पाते । सदा क्रोध एवं झगड़े से भरे हुए वातावरण में रहते हैं । ऐसे वातावरण में मन में सदा तनाव और उद्विग्नता बनी रहती है । जब जीवन में प्यार और रोमांस समाप्त हो जाता है , तो जीवन बंजर धरती के समान शुष्क और नीरस हो जाता है । सृष्टि को बनाए रखने के लिए ही स्त्री एवं पुरुष दो विभिन्न प्रकार के प्राणियों की रचना की गई है । उनके यौन अंगों की रचना इस प्रकार से है कि दोनों आपस में मिलकर एक - दूसरे को अधिकतम यौन आनंद प्रदान कर पाएं । वास्तव में वे दोनों एक - दूसरे के पूरक जो होते हैं । इन सच्चाइयों को समझते हुए पति - पत्नी को दूसरे पर पूरा भरोसा रखना चाहिए और प्रेम तथा उत्साह में भर कर रतिक्रिया में भाग लेना चाहिए । एक - दूसरे को पूरी तरह संतुष्ट करके स्वयं आनंदित होना चाहिए तथा दूसरे को आनंद देना चाहिए ।

संदर्भ – सरिता,पुस्तक महल

मेरी अन्य पुस्तकें निम्न है–

क्रमांक	पुस्तक का नाम
1	पृथ्वी के प्रचलित धर्म व पंथ
2	कुरान करीम का विशेष ज्ञान
3	जीवन एक पहेली व स्वास्थ्य
4	जीवन तथा भाषा की उत्पत्ति कैसे हुई?
5	इस्लाम एक परिचय व संप्रदाय
6	अल्लाह एक परिचय
7	आज भी अंल खि□ जिंदा है?
8	सात सोने वालों की रहस्यमई घटना
9	प्रार्थना, सभी धर्मों में
10	उपदेश महान लोगों के, सभी धर्मों में
11	स्वप्न, व्याख्या, प्रत्येक धर्म में
12	हारूत तथा मारुत की कहानी
13	आत्मा (रूह) धर्म तथा विज्ञान की नजर में
14	असली सिकंदर (जुलकरनैन)
15	दुःख
16	ईश्वर, प्रार्थना, उपदेश, नास्तिक, दुःख
17	विश्व के प्रमुख धर्म मत व सम्प्रदाय
18	पवित्र कुरान एक परिचय तथा उसके अनसुलझे रहस्य

40	पवित्र कुरआन का कानून सही या गलत?
41	पवित्र कुरआन में इंसानियत?

यह सारी पुस्तकें अंग्रेजी संस्करण में भी उपलब्ध है। तथा कुछ अंतर्राष्ट्रीय भाषा में उपलब्ध है।

सभी पुस्तकें पेपर बैक संस्करण तथा हार्ड कवर संस्करण में भी उपलब्ध है।

उपरोक्त पुस्तकें

notionpress.com पर भी उपलब्ध है।

मेरी ई बुक संस्करण (निशुल्क) निम्न है —

क्रमांक	पुस्तक का नाम
1	विश्व के प्रमुख धर्म मत व सम्प्रदाय
2	पवित्र कुरान एक परिचय व उसके अनसुलझे रहस्य
3	जीवन की कुछ अनसुलझी पहेली
4	असली सिकंदर (जुलकरनैन)
5	स्वप्न (व्याख्या) धर्म तथा विज्ञान की नजर में
6	आत्मा (रूह) धर्म तथा विज्ञान की नजर में
7	मनुष्य तथा भाषा की उत्पत्ति कैसे हुई?
8	ईश्वर, प्रार्थना, उपदेश, नास्तिक, दुःख
9	हारूत तथा मारूत की कहानी
10	उपदेश महान लोगों के, सभी धर्मों में
11	प्रार्थना, सभी धर्मों में
12	आज भी अंल खि॒ जिंदा है?
13	अल्लाह एक परिचय

14	इस्लाम एक परिचय व सम्प्रदाय
15	अल खिज्र एक परिचय
16	किंग सोलोमन तथा मलिका बिल्कीश (तौरेत तथा कुरान के अनुसार)
17	एक इस्लामी सम्प्रदाय अहले हदीस का परिचय
18	अपना स्वास्थ्य (सेक्स संबंधी)
19	बाइबिल एक परिचय, क्या ओरिजिनल बाइबिल आज भी उपलब्ध है?
20	दुर्लभ चीजें जो मेरे पास मूल रूप में उपलब्ध है।
21	नास्तिक और बौद्ध धर्म (धम्म)
22	अधम्म क्या है?
23	अल कहफ (अर रकीम) की रहस्मय कहानी
24	धर्म संस्थापक का जीवन परिचय ,सभी धर्मों के
25	दुःख
26	नास्तिक तथा बौद्ध धर्म
27	शांति की खोज
28	खुदा या खुद से प्रतिज्ञा?
29	ईश्वर अस्तित्व का प्रमाण
30	तलाक! जिम्मेदार कौन?
31	कयामत की निशानी
32	जन्नत की कल्पना
33	कुरआन के गहन शब्दों का अर्थ
34	हदीस से मजहब तक

अपना व्यक्तिगत परिचय

मेरा नाम अब्दुल वहीद है मेरे पिता का नाम स्वर्गीय हाजी उबैदुर्रहमान है व माता का नाम जैबुन्निसा है। मैंने बचपन से ही वैज्ञानिक विचारधारा को पसंद किया है और शांत स्वभाव व पुस्तकों से लगाव रहा है। जिससे मेरी रोज जिज्ञासा रुचि निरंतर नए-नए खोजो को जानकारी में प्रयुक्त रहा है। मैं BSc करते समय पालीटेक्निक में सेलेक्शन हो गया था, लेकिन दुर्भाग्यवश अधूरा रह गया था क्योंकि पिता और भाई का सर्वगवास हो गया था ।

मेरे पिता जी की दो बातें जो, मेरे जीवन के लिए अत्यंत अनमोल है प्रथम– इमानदारी से कमाओ झूठ का सहारा मत लो, दूसरा– अन्न की इज्जत करो और जितना खाना हो उतना ही लो।

इसलिए घर की जिम्मेदारी, फिर बाद में विवाह हो जाने के कारण शिक्षा अधूरी रह गई । फिर भी हिम्मत नहीं हारा और आज आपके सामने मेरे विचारों के रूप में पुस्तक उपलब्ध है । मेरे लेख प्रसिद्ध पत्र-पत्रिकाओं में छप चुके हैं। यदि कोई जानकारी अधूरी रह गई हो तो कृपया जरुर अवगत कराये । धन्यवाद ।

पता- बाराबंकी, उत्तर प्रदेश, इंडिया,

कृपया मुझसे संपर्क करें–

Abdul Waheed,Barabanki, UP, INDIA
https://www.facebook.com/profile.php?id=100091298026218